徳間文庫

別子太平記 下

愛媛新居浜別子銅山物語

井川香四郎

徳間書店

目次

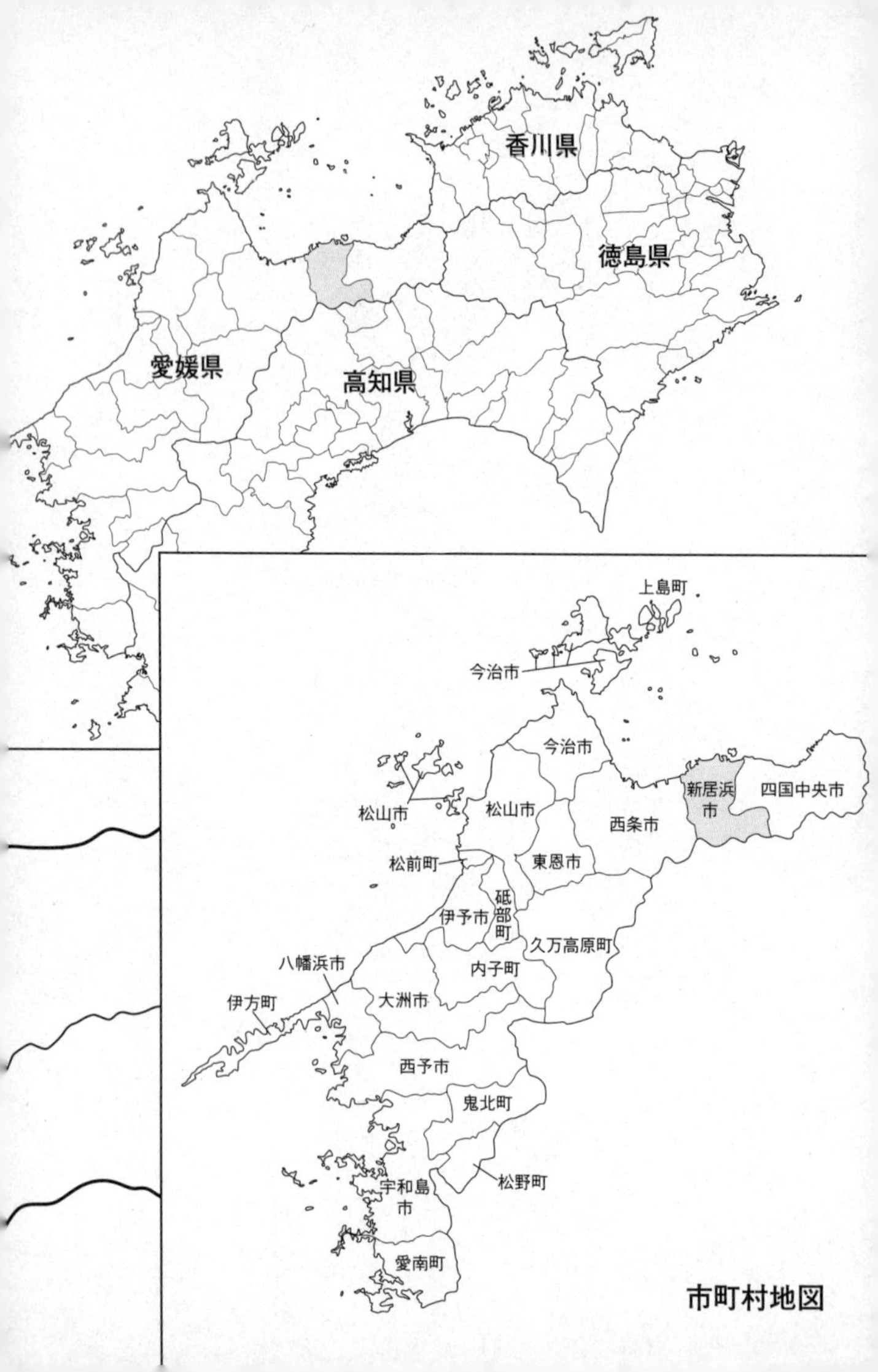
香川県
徳島県
愛媛県
高知県
上島町
今治市
今治市
松山市
松山市
新居浜市
四国中央市
西条市
松前町
東温市
砥部町
伊予市
久万高原町
八幡浜市
内子町
伊方町
大洲市
西予市
鬼北町
松野町
宇和島市
愛南町
市町村地図

現在の新居浜市
燧灘
大島
新居浜港
予讃線
たきはま
にいはま
讃山街道
別子温泉
大永山
西赤石山
東赤石山
新居浜市
別子銅山跡
銅山川
別子山
平家平

開国の宴

一

安政七年（一八六〇）三月三日、朝のことである。前夜から冷え込んでいた江戸は、季節外れの雪が降っていた。

桜田門外の上屋敷を出た大老・井伊直弼（いいなおすけ）一行六十数人の行列は、名水〝桜の井〟の脇道から、江戸城に向かっていた。この井戸のあたりには、かつて加藤清正の屋敷があって、清正が自ら掘ったとの言い伝えがある。いかにも誉れ高い武門らしい、立派な石垣で組んだ大井戸で、江戸城を訪れる通行人なら誰でも飲むことができた。

牡丹（ぼたん）雪がしんしんと降っていたにも拘わらず、大名行列を一目みたいという武鑑を手にした見物人が、大勢並んでいた。その客をあてこんだ茶店も出ていたくらいだ。

丁度、雛祭りの祝賀の登城だった。

ゆえに、〝お上りさん〟が多かった。中には仕官目当てで、評判の大名と縁を持ちたい思いを抱きながら、見学している浪人たちもいた。大名が登城する道順や刻限は、正確に決まっているのだ。

もっとも、井伊直弼の場合は、城門までわずか三町余りである。行列の先頭が桜田門内に消えても、後尾はまだ屋敷近くというほどの道のりだった。

そこへ――駕籠訴を装って水戸藩士が行列の前に飛び出してきて、

「大老・井伊掃部頭様にお聞き届け願いたい儀がござりまする。どうか、どうかッ」

と割竹に挟んだ書状を供頭に差し出した。

水戸藩士は森五六郎である。

「待て。無礼であろう」

彦根藩士の日下部三郎右衛門は制止しようとしたが、いきなり森は斬りかかった。あまりにも突然のことで、日下部は顔をバッサリと斬られ、悲鳴を上げながら、その場に仰向けに倒れた。

真っ白な地面を、鮮血が真っ赤に染めた。

「なんだ！　貴様！　無礼者めが！」

彦根藩士たちは一気に駆けつけたが、その隙に背後から、水戸浪人の関鉄之介が井伊直弼が乗っている駕籠を狙って、

――ダン！

と短筒を発砲した。真新しいピストルである。

これが合図となって、水戸浪人たち十数人が一斉に、井伊直弼の行列に斬り込み、あっという間に激闘となった。

いや激闘というには一方的すぎた。

あいにくの雪で、彦根藩士たちは重層な雨具を纏っており、刀の鞘袋（さやぶくろ）もしっかりとつけてあった。まさか桜田門外の屋敷から城までの、わずかな行程の間に、しかも衆目の中で大名行列を襲うなどと誰が考えていようか。幕府開闢（かいびゃく）以来の異常事態だった。

異常事態といえば――。

すでに幕府の屋台骨は大きく傾いており、何年も前から沈没寸前の巨船であった。大老という幕府最高の重職の命が狙われるほど、権力も権威も凋落（ちょうらく）していたのである。

安政年間はまさしく激動続きだった。

嘉永七年（一八五四）に、ペリー率いる米国軍艦七隻が神奈川沖に現れたことによって、幕府は米国と日米和親条約を結び、下田と箱館を開港することとなった。文政八年（一八二五）に出されていた異国船打払令などは、ほとんど効をなさず、二百数十年も守ってきた〝鎖国〟が崩された。

大きな防波堤を崩された日本は、米国との条約が前例となり、他にも日英和親条約や日露和親条約などが次々と締結された。その勢いから、国内も攘夷派や開国派に分断され、内乱状態が続いていたのだ。

浦賀水道や神奈川沖には、大きな帆船や蒸気船などの異国船が当然のように航行しており、箱館や神戸を開いてからは、同じような光景が津々浦々で見られた。

そういう内憂の中で、万が一、異国と大戦になっては困るから、幕府は講武所や洋学所を俄（にわか）に作って外患対策に出たものの、有効な手立ては皆無に等しい。諸国の寺の梵鐘（ぼんしょう）を鉄砲に改鋳させたり、お台場を作って海防兵を集めたりするのが関の山で、西洋列国の軍艦が大挙して押し寄せれば、江戸や大坂、長崎をはじめ多くの沿岸の町が火の海になるのは明らかだった。

大老になった井伊直弼は、幕府の権威を復活させようとし、天皇の勅許をえないまま〝不平等条約〟である日米修好通商条約に調印した。

さらに、十三代将軍家定の後継者問題につき、まだ幼い紀伊藩主・徳川慶福を跡継ぎと定めた。

それを強行しようとする井伊直弼に対して、水戸藩主・徳川斉昭らは猛然と反発していたのだ。徳川斉昭は、実子の一橋慶喜を次期将軍に推していたからだ。

むろん、これには福井藩主の松平春嶽や薩摩藩主・島津斉彬らも賛成をしていた。

——国家存亡の危機に際しては、継承順位よりも、人物の才覚で選ぶことを是としたからである。

だが、井伊直弼は前例を踏み潰すような所行には、断固反対だった。

幕政〝改革派〟に対して、井伊直弼は大弾圧を加え始めた。その対象は皇族や公卿にまで及び、徳川斉昭に与する大名や藩士ら、百人を超える大粛清を断行したのだ。

その結果、徳川斉昭や松平春嶽は、言い分もろくに話すこともできず、一方的に蟄居処分された。いわゆる尊王攘夷派を徹底して粛清し、福井藩士の橋本左内や長州藩士の吉田松陰らに至っては、刑死に処した。世に言う〝安政の大獄〟である。

その陣頭指揮を執った井伊直弼の弾圧に対して、とうとう今朝の事件が起きたのだ。

真っ白な路面が真っ赤に染まり、凍てついている濠に転落する者もいた。まさに激闘であったが、数では劣る水戸浪人たちの方が、圧倒的に有利であった。井伊家の家来たちも奮闘するものの、藩主を守りきることができなかった。

しかも、肝心の井伊直弼は、すでに最初に関が撃った鉄砲の弾丸によって、腰部と太股(ふともも)に大怪我をしており、まったく身動きが取れなくなっていたのである。

——無念……。

と井伊直弼は天を仰ぐしかなかった。

得意の居合を披露できる術もない。護衛の藩士たちの中には、彦根藩の剣豪である河西忠左衛門や永田太郎兵衛らもおり、襲撃浪人たちには深手を負わせたものの、ふたりとも討たれ、井伊直弼の駕籠には次々と槍や刀が突き立てられた。

虫の息となっていた井伊直弼は、浪人たちによって駕籠の外に引きずり出された。その井伊直弼の首を、薩摩浪人の有村次左衛門がバッサリと刎(は)ねた。そして、刀の切っ先にその首を突き立てて、堂々と引き揚げたのである。それは、

——ほんの二服の煙草を吸う間の出来事だった。

と見物人が書き残している。

この〝桜田門外の変〟によって、天地がひっくり返ったように、日本という国がガラリと変貌していく。

それを予兆するかのように、文字通り天地を揺るがす地震や火山噴火などの災害も

続いていた。江戸を始めとして、〝安政の大地震〟が諸国で立て続けに起こっていた。前年には、後の世にいう南海トラフ巨大地震があり、遠州灘、伊賀上野、駿河、伊予、芸予、飛越、八戸沖、石見などで、宝永地震以来の大災害が次々と人々を苦しめていた。

黒船来航と相まって、世の中を震撼させていたが、そのような中での大老暗殺事件によって、世の中の先行きが見えなくなり、庶民たちも不安続きであった。

南海地震の影響は、大坂にも及んだ。

人家が多く潰れ、大潮だったこともあり、船が木津川や安治川の上流へ流され、橋を破壊して落としてしまい、七百人もが流死したと言われている。大坂は海辺の大都であり、幾重にも川や堀が交錯しており、東が高台で西側が極端に低くなっている土地柄もあって、被害は甚大だった。

しかも、異国船を警戒して、河口域に〝お台場〟を作っていたご時世である。災害に乗じて、外敵が侵攻してくるのではないかという恐怖も広がっていた。

これまでも幕府は洋式銃を揃え、長崎には海軍伝習所を作り、大坂の船大工に頼んで戦艦を作ろうとまでしている。もし異国と戦になるとしたら、この大坂が合戦場になるという不安もあった。天領であり、富が集中しているからだ。

実は、井伊直弼の死は一月近く公表はされなかった。外国交渉などの混乱を避けるためだが、噂は誰も止めることができない。江戸で起こった事件とはいえ、上方でも、

――もう幕府もおしまいや。

という焦(きな)臭い空気は広がっていた。

万が一、幕府がなくなった場合、これまでの既得権益を持っている御用達商人はどう扱われるのか。それに付随する商人たちと奉公人、親兄弟らの暮らしはどうなるのか。不安だらけで、夜も眠れぬ人々は多かった。

鰻谷にある住友『泉屋』本店の人々も、同じ気持ちであった。

とはいえ、さすが大店中の大店である。誰もが圧倒される三十三間（約六十メートル）もある間口、千二百坪の店舗は時代が変わっても揺るぎそうになかった。

当主は十一代・友訓(ともくに)となっていた。まだ二十歳の若者である。

しかも、先代、先々代にも増して〝道楽者〟だという噂が流れていた。実際、歌舞伎役者や芸者を招いてドンチャン騒ぎをすることもあったし、相撲道楽が高じて、勧進相撲の力士たちを一堂に集めて、大盤振る舞いもしていた。

ゆえに、家業が傾いてはいけないと、日勤老分(にっきんろうぶん)の鷹藁源兵衛(たかわらげんべえ)が後見人として、再び奉公していた。

住友『泉屋』では、本店支配人だった者を老分と称し、一旦は引退したのだが、与えられた報償金などを元手に自分の商売が許される身であった。それが、店に戻されたのだ。源兵衛は長年、『泉屋』に仕えて、天保時代の激動も擦り抜けてきた腕利きだったからである。

別子銅山支配人は、岡野徳右衛門が担っていた。天保から嘉永年間に至る不安定な世の中で、手腕を発揮してきた名支配人・北脇治右衛門（きたわきじえもん）や今沢卯兵衛（いまざわうへえ）を引き継いで、『泉屋』開闢以来の危機に対応していた。

というのは――。

二年前の安政五年（一八五八）に、幕府は銅の海外輸出を禁止したからだ。

当時、『泉屋』にとっては青天の霹靂だった。幕府と二人三脚でやってきた自負もあっただけに、衝撃は大きかった。何百年も続く家業を傾かせるわけにはいかず、若い当主の友訓を支えて、あらゆる手立てを尽くしていた。

「銅の輸出を禁じられたとはいえ、中国にだけはなんとか売り渡しができる。別子銅山の産出はさほど減ったわけやないのに、ご公儀は厳しい沙汰を命じるものですなあ」

源兵衛はかつて〝天保の改革〟の立役者・水野忠邦とも丁々発止のやりとりをした

大番頭である。だが、乳母日傘で育った友訓にとっては、小うるさい古狸にしか見えなかった。

たしかに古稀近い年である。本店の副支配人になったのが天保六年（一八三五）のことだから、もう二十数年も前のことだ。この間ずっと、別子銅山の風水害もさることながら、大塩平八郎の乱などで大坂が罹災した折には、抱え屋敷が類焼したりして大事が続き、心が安まるときはなかった。

そんな中で、天保十年（一八三九）に支配人になってからは、別子銅山の改革に心血を注いだ。

当時既に、元禄時代から銅鉱を掘り出してきたがため、別子銅山は禿げ山になっており、大雨による水害に弱く、相変わらず焼竈などによる失火も多かった。

加えて、老山ゆえ、〝遠町深鋪〟となってしまったことで、採掘が難しくなってきたのだ。〝遠町深鋪〟とは、薪や炭、坑木にする材木が伐採できる山が遠くなり、採掘場所が坑口から深く遠い坑道にあることをいう。そこには湧き水も多く、これまた難儀な作業ばかりである。

ただでさえ過酷な銅山なのに、作業環境が厳しくなってきていたため、産銅量が徐々に減ってくる。それはとりもなおさず、鉱夫たちの賃金節減という形で跳ね返ってくる。ますます作業効率が悪くなり、『泉屋』の赤字は累積していった。

「あの頃は、休山にした方がましだったくらいや。なにしろ、一万三千両の借金になっていたからな。おまけに、棄捐令が出て、お武家に貸していた金もチャラにされて、泣き面に蜂どころやなかった」

しみじみと源兵衛は言った。

だが、御家の一大事など何処吹く風で、『泉屋』の当主たちは商売については、という状態であった。赤字が重なることよりも由々しき事態だと、奉公人たちは切実に感じていた。

――良きに計らえ。

「そうでしたなあ……」

傍らの岡野も同情したように頷いた。

「あの当時は、今沢卯兵衛さんとともに、源兵衛さんは、まさに泥水を被るような苦労をしてなさいましたなあ。なにしろ、本店支店合わせて十六万両もの借金があった……銅山を手放して、銅吹所に徹するしかないとも考えてましたが、棹銅の幕府の買い値を上げさせたり、銅山の買請米代金もこっちに有利に運んだりして、なんとか凌ぎました」

「ああ、そうやった……」

「なのに、今般は、年に百斤もの産銅があるのに異国に売れへんて……一体、公儀は何をしてるのや」

秋田や南部の銅も、輸出高は半減させられた。もっとも、別子に限って例年通りだったのは、これまでの幕府との付き合いがあってのことだ。これは幸いだったが、いずれ悪い影響が出るのは目に見えている。

「まあ、徳右衛門どん。文句ばかり言ってても始まらん。次の一手を考えて、実践あるのみですな。そうでっしゃろ、旦那さん」

源兵衛が友訓を見やったが、相変わらず気のない返事で、

「そやなあ……難しいことは分からんさかい、おまえらに任せるわ」

と言うだけである。

大老が殺されて、世の中が一変するであろうことを理解しているのかどうか、源兵衛と徳右衛門は本気で心配になってきた。

「うちは、宝暦元年（一七五一）以来、御用銅百斤（約六十キロ）あたり、銀百三十九匁と相場が決まってる。二両と一分半くらいや。けど産銅にかかる費用を下廻るようになってからは、地売銅の方が高く売れるようになったさかいな。そこを、なんと

かせんと」

　危機感を抱いていた源兵衛は、銅座に対して、御手当銀をせめて今の倍になるようにと交渉していたところだ。でないと、大名貸しなども焦げ付いてしまう。

「正味な話が、大坂豊後町の両替商は潰してしまうし、江戸中橋の両替店も休業や……分家のやらかしたこととはいえ、このままでは本店も煽りを食ってしまうさかいな。性根の入れどころやで」

　事実、別子銅山と大坂の吹所だけを残して、金融の方は手控える方針を、源兵衛は取った。これには、本家も分家も難色を示したが、

「毎日、主従が争論して銅や諸品の相場を考え、日々の利益を判断するのがしきたり。これが、住友家のご先祖から取り続けてきた、商売の我が家の流儀です」

と源兵衛は喝破した。

　もっとも、これは十二代支配人の七兵衛が、百年以上も前に、五代当主の友昌に訴えたことである。住友『泉屋』には、

――新古老若の区別なく、有益であれば些細なことでも上申すること。

という不文律がある。住友のこの家風があってこそ、自由に話し合いができ、他の商家に先駆けていち早く、最善の策を施すことができるのだ。

「して、どないする」

源兵衛が溜息をつくと、徳右衛門はニンマリと笑って、

「今、別子銅山には、有徳で才覚溢れる三十半ばの若い者がおります。そやさかい私はいつでも安心して、銅山から身を引けると思うとります」

「ほう……それは誰や」

「広瀬義右衛門です」

「なんや、義右衛門のことかいな」

当然のことだとばかりに、源兵衛は頷いた。九歳の頃から、別子銅山に奉公している広瀬義右衛門のことは、『泉屋』の奉公人ならば誰もが知っていた。

後の住友総理代人（そうりだいにん）・広瀬宰平（さいへい）のことである。この広瀬おらずして、明治以降の住友の興隆はなかった。

維新の動乱は始まったばかりである。

二

鬱蒼とした樹林の中、灌木の枝葉を掻き分けるようにして、広瀬義右衛門は細い山

道を登ってきた。

陽射しはないが蒸し暑く、額に汗が噴き出し、羽織や野袴もぐっしょり濡れている。長年、人が踏み込んだ様子はない。だが、別子銅山に向かう峻険な山道に比べれば、子供の遊び場みたいなものだった。

最後の急な坂道を駆け上ると、一気に山上に駆け上がることができる。すると、海風がそよかに吹いてきて、体に纏わり付いていた熱いぬめりが、さらさらと乾いていくような気がした。

供の者はいない。ただひとりで登ってきたのは金子山だった。戦国の昔には、金子備後守の居城があった所である。

平野から遠目に見れば、こんもりと盛り上がった小山に過ぎない。だが、この頂上からは、瀬戸内海や新居浜の扇状地や国領川、さらには西条や周桑、今治の方まで眺めることができる。綺麗に晴れた日は、対岸の備前や備後、安芸も見えるのだ。

「――ああ、心地よい……一度、登ってみたかったんだ……」

義右衛門は風を受けながら、誰にともなく呟いた。

眼下には、大坂に繋がる海原や新居浜浦が見え、寄港している船の群れからは、働く人々の声が聞こえそうだった。振り返れば、屏風のように聳える四国山脈があり、雲が淡い霞のように広がって、青々とした山を一層、美しく見せている。

「――早いものだな……新居浜別子銅山に丁稚奉公に来てから、もう二十五年近くなるのか……湊の風景も変わるはずや」

ひとりごちた義右衛門は、まだ幼い九歳の折、叔父に連れられて別子銅山に来たときのことを覚えている。

叔父は北脇治右衛門という別子銅山の名支配役であった。

銅山支配役とは、大坂本店の支配役と同格の大幹部である。それほど別子銅山は住友家において格別な存在だった。ゆえに、義右衛門から見れば雲の上のような人で、厳格な風貌や態度が恐くて仕方がなかった。

大坂からの船は、なぜか新居浜浦ではなく、川之江に渡って瀬戸内の海辺を歩き、わざわざ天満浦から、浦山、小箱、保土野、小足谷など銅山川を遡る道程だった。叔父の話によると、

「その昔、別子銅山を発見した〝切上り長兵衛〟や代官の後藤覚右衛門、そして、何より開発に尽力した住友『泉屋』の田向重右衛門の苦労を、義右衛門に少しでも感じさせるためだ」

とのことだった。

その後も、義右衛門は天満浦道を何度も往復することになるが、先人たちの銅山にかける情熱を体に刻み込まれた思いだった。

新居浜浦から、標高千メートルを超える別子銅山までは繰り返し歩いたものの、不思議なことに、口屋とは目と鼻の先にある金子山には、登ったことがなかった。山麓一帯は養父の田畑ばかりだし、近くの久保田には義右衛門の自宅があるにも拘わらずだ。

養父は義泰という元々は美濃国の豪農だったが、住友家に奉公し、別子銅山で働いた後、江戸店の支配人にまで出世した遣り手である。引退してからは、金子村で農家を営み、〝おたいけ〟と呼ばれる資産家となっていた。

義右衛門が広瀬家の養子になったのは、もう数年前だが、先代当主の友視が作った縁だった。近江出身の義右衛門を、終生、新居浜に居着かせ、別子銅山の発展に貢献させようという目論見だった。それほど、義右衛門の才覚を、住友家は見抜いていたということである。

ちなみに義右衛門という名は、養父が隠居する前の名で、養子縁組の後にこの名を襲名したもので、幼名は駒之助。元服してからは新右衛門であった。

実家の北脇家は、近江国野洲郡八夫村で代々、村役人をしていた地元の名族家である。父の理三郎は村で医師をしており、その弟、つまり義右衛門のもうひとりの叔父は、著名な漢学者だった。京都の宮家に仕えていた北脇淡水(たんすい)である。

そういう知性が義右衛門にも流れていたのであろう。丁稚になった頃には、

――ひよひよ小僧。

と言われるほど、小さくて華奢であったが、今や誰が見ても貫禄のある風貌と体軀に成長していた。銅山の支配人になるのは、まだ五年先のことだが、すでに人望が厚かったのは、叔父の北脇淡水との交流によって、漢学を深く学んでいたからであろう。

しかし、知性と理性、学識のある義右衛門をもってしても、幕府が倒れるということは、まだ頭の片隅にもなかった。

もちろん、開港をしたことで、〝鎖国〟は終焉(しゅうえん)を迎え、異国との交易が盛んになるとは考えていた。長崎の銅交易を担っているから、異国のことも耳に入ってくるからだ。だが、

――これからは商人にとって新たな時代が来る。

とは感じていたものの、政治体制がガラリと変わるとは思っていなかった。

世界の情勢から見れば、大坂と新居浜を往復するだけの義右衛門の暮らしは、〝井の中の蛙(かわず)〟同然だった。危難を肌身で感じることが少なかったのである。

それゆえ、源兵衛が後見人として、住友本家に復活してからは、義右衛門も安心したのか、心身共に平穏に暮らしていた。大坂から相子を嫁に貰った後に、広瀬家に養子として入ったのだ。

養子になった当時は、勘場大払預かりという役職で、支配人や元締などに続くほどの重責を担っていたが、いかにも年齢が若い。しかし、資産家の養父もかつて別子銅山を経て、江戸浅草出店支配人を務めた人物だったから、心強い後ろ盾になっていた。さらに、義右衛門は貸方役頭も兼ねるようになり、重役に肩を並べたのである。

だが、平穏な暮らしに、暗雲が垂れ込めてきた。結婚したばかりの相子は原因不明の病に罹り、急逝したのである。

大坂から慣れぬ山間の暮らしに、思いがけない苦労が崇ったのかもしれぬ。病に罹ってから、義右衛門は相子を久保田の屋敷にて、西条藩の著名な医者に診せたり、祈禱を行ったりしたが、短すぎる夫婦生活となってしまった。

「——相子……」

金子山の上から、義右衛門は〝前妻〟の名を呼んだ。

前妻というのは、相子が死して四年後には、再婚をしていたからである。義右衛門は相子を深く愛していたゆえ、二度と結婚をしないと心に誓っていた。

しかし、別子銅山の幹部が〝男やもめ〟では困るという『泉屋』の配慮と、広瀬家の跡取りが欲しいという周りの望みがあったからである。相子との仲を取り持ってくれた、住友家当主の友視が亡くなったということも影響したのかもしれぬ。

結婚相手はやはり大坂から来た、一まわりも年下の町子という商家の娘だった。すぐに待望の男の子にも恵まれ、相子との死別を癒してくれるほどの僥倖だった。町子も相子に似て控えめで、夫を陰で支える女だった。

――井伊大老が暗殺された。

と聞いたのは、町子と長男の満正を連れて、故郷である近江の八夫村に向かう旅の途中であった。〝中登り〟という二十五年の勤労に対する長期休暇を与えられてのことだ。

桜田門外の変のことは、住友本家に挨拶に立ち寄った後に知ったことなので、義右衛門は胸騒ぎがして、大坂に戻ろうかと何度も思っていた。だが、せっかく妻子を故郷の親類縁者に会わせたり、気の置けない人々と過ごすことを楽しみにしていたのだ。本家からの配慮もあって、ゆっくりと心身を休めた。

骨休みから新居浜に帰って来たのは、四国山脈も青葉が繁り、瀬戸内海は陽光に燦めく時節になっていた頃だった。

眼下に広がる美しい扇状地を見下ろしながら、義右衛門はかつて、ここに戦国の城があったことなど忘れて、我が身の春ともいえる幸せな気分に浸っていた。元禄時代から続く別子銅山の幹部になり、妻子に恵まれた。この銅山に連れてきてくれた叔父も無事に隠居し余生を過ごしている。

——妻子と無事安穏に暮らしたい。それだけが私の望みだ。自分が幸せになることが、前妻の相子の供養にもなる。

と義右衛門は信じていた。

まさに、後の住友初代総理事・広瀬宰平となる義右衛門は、この頃はまだ天下国家を担う思想などは膨らんでいない。豪商の大番頭の自覚をもって、住友『泉屋』の安泰に寄与することが使命だと思っていた。

そのことで地域にも貢献し、奉公人たちの暮らしを守り、妻子と幸せに過ごす。それが叶えられれば充分だったのである。

しかし、偉人になる人物は、時代や環境が放っておかないものだ。若い頃には、自分が想像だにしなかった目に見えない力に突き動かされ、世の中を変えてしまうほどの人生を担わされるのである。

義右衛門もそのひとりであった。幕末から明治に至る大きな時代の渦の中で、絶大に必要とされる人間となる。そして、水を得た魚のように怒濤の海を泳ぎ切るのだが、後の人生を俯瞰すれば、三十二歳の義右衛門は、まだまだ青二才に過ぎなかった。

「――行き行きて重ねて行き行き、君と生きて別離す。相い去ること万余里、各おの天の一涯に在り。道路阻しく且つ長く、会面安くんぞ知るべけん……」

漢代の古詩を呟いた。帰省したがために、遠い幼い日のことに改めて思いを馳せ、望郷の念に駆られたのかもしれぬ。瀬戸の海は、子供の頃に眺めていた琵琶湖に似ている。ゆえに異郷の地とはいえ、義右衛門の心は落ち着いていた。

ふと別子銅山の方を振り返ると、山裾にずらりと灯りがついている――ように見えた。それは錯覚であった。山の麓には、桜並木がずらりと続いているので、毎年、華やかな色香が広がる。

だが、今年は近江に帰っていたため、見ることができなかった。その桜並木の上に、瑞応寺という禅寺がある。西国で一番の曹洞宗の古刹だ。鬱蒼としている樹木に覆われているから、金子山からは巨大な屋根すら見ることができない。

――今日も立ち寄ってみるか……。

と義右衛門は思い立った。

新居浜浦から別子銅山に登る途中には、必ずといってよいほど住職の法話に耳を傾け、座禅を組んでから行くのである。

初夏の海風を受けながら、義右衛門は体の中に何かが満ちてくるのを感じていた。

三

仏国山瑞応寺は釈迦如来を本尊とし、文安五年（一四四八）に、生子山城主の松木景村が建立し、鎌倉から月担和尚を招いて開山した禅寺である。四百年余りも法灯を掲げ続けている名刹だった。

戦国時代、天正の陣の折、戦火を被った痕跡などまったくないが、その後も幾度かの火災に遭った。だが、檀家の強い支えがあって、天保年間、弘化年間を通じ、本堂や僧堂、庫裏、梵鐘などが作られた。そして、山門や中門、回廊などが整ったのは、安政三年（一八五六）だから、つい近年のことである。

山麓には桜並木沿いに、東西を繋ぐ道があり、それを跨ぐ形で山上に向かうのだが、その坂道がこれまた急で、修行僧でも疲れるほどである。年寄りには、胸突き八丁に感じるであろう。しかも、大きな杉や松、檜などの樹林に覆われており、人を寄せつけない威圧感と霊気が漂っている。

そのため、坂道の麓にある茶店で、ここまで来た疲れを癒し、改めて「よいしょ」と気合いを入れて登るのである。

袖無し羽織に野袴姿の義右衛門は、年寄りでもないのに杖を突きながら来ると、『薦田屋（こもだや）』という看板を見上げた。簾（すだれ）で日を遮っている表の床几に座った途端、

「いらっしゃいませ」

と店の内から、野太い声がかかった。

聞き慣れない声に振り返ると、そこには義右衛門より一廻り大きな屈強な男が立っているのが見えた。年の頃はもう四十半ばであろうか。妙に達観したように落ち着いている。

だが、ゆっくりと奥から出て来る姿は、〝ナンバ走り〟のようで、どことなくぎこちない。水甕（みずがめ）から杓で掬った水を湯飲みに入れ、縁台の傍らに置きながら、

「暑うございまするな。まずは喉（のど）を潤して下され」

と言った。

妙に朗々とした声で、無理矢理に笑顔を作っているので、目尻だけが下がっていて、却って不気味である。

鼻は末広がり、唇は分厚い。顎や鰓（えら）は角張っており、いかにも武士らしい顔だちだ

ったが、威張っている様子はない。むしろ、風采が上がらぬ物腰であった。

「さあ、どうぞ。召し上がれ」

「これは、ご丁寧に……」

義右衛門は杖を脇に置いて、差し出された水を一気に飲み干した。かなり喉が渇いていたのか、ふうっと一息ついて、

「いや……実に冷やっこい水ですな……」

「ええ。裏の井戸水です」

「なるほど。柔らかくて、喉越しがとてもいいですな……ですが、あなたはお見かけしないお顔ですな……」

不審そうに男を振り向くと、店の奥から、古稀近い老夫婦が出て来て、

「これは広瀬様。ご無沙汰しております」

声を揃えて深々と挨拶をした。

「故郷の近江に、お帰りになってたそうですねえ。ゆっくりと羽を伸ばすことができましたでしょうか」

少し腰の曲がった老妻の方が親しそうに、

「住友『泉屋』の……ほれ、別子銅山のお偉いさんの広瀬様ですよ」

と義右衛門に近づきながら言うと、男は「ああ」と頷いた。

「ええ。これは大したものではないが……」

荷を崩した義右衛門は、紙包みを出して、土産だといって老妻に渡した。

「鮒寿司です。瀬戸の海の美味しい魚を食べてる人たちには用無しかもしれませんが、酒のあてにすると、なかなかいけますぞ」

「これは、わざわざありがとうございます」

老夫の方も笑顔で返して、

「茶店のくせに、酒の方が大好きでしてな。ハハ、その点では、婿といい勝負です」

「婿殿……」

「あ、これは失礼をしましたわい。この人は、大窪和吉さんといって、うちの娘の主人なんです。伊予小松藩の家臣なんです」

少し自慢げに老夫が紹介すると、大窪は照れ臭そうに、

「いや。小松藩士であったのは事実ですが、つい先頃、大小の刀を捨て、ご覧のとおり、嫁の実家でお世話になっております」

と言った。すぐに老婦が付け足して、

「うちの娘が前々から病弱なもので……本来なら実家に追い返されてお終いですが、

和吉さんも一緒に看病したいと、お侍を辞めてまで、こうしてうちに……」

「藩士を辞めれば、拝領屋敷も出なければならぬのでな」

自嘲した大窪だが、義右衛門には腹の据わった男に見えた。

大窪には息子がふたりいて、兄は大坂の学問所で勉学に励んでおり、弟の方は目の前の瑞応寺に小僧として修行している。かねてから老夫婦を通して住職のことも知っているし、檀家でもあるので世話をして貰うことになったと大窪は語った。

茶を飲み終えた広瀬は、大窪を誘って長い坂道を寺まで登った。

義右衛門は別子銅山と新居浜浦の間を、しょっちゅう往来しているだけあって、なかなかの健脚である。それを褒めると、

「大窪様こそ、剣術の稽古などで随分と鍛錬なさっておいででしょう」

「藩士といっても、勘定方ですからな、算盤侍とからかわれております。なんで、お舅さんたちも、あの通りで。武士は武士でも鰹節くらいにしか思うておりません。いや、今や鰹節の方が立派だな。侍は出汁にもならぬ」

まさに自虐じみた言い草の大窪に、それでも義右衛門は武士として立てながら、

「しかし、奥様のためとはいえ、看病のために侍を辞めるとは、ご立派ですね。なかなかできないことです」

「いや、早晩、武士の世は終わる」

「え……？」

意外なことを言う大窪の横顔を、義右衛門はチラリと見た。

「広瀬様なら重々、ご承知のとおり、武家は商家からの借金だらけで、二進も三進もいっておりません。小松藩のような小さな藩でも同じです」

たしかに、住友『泉屋』は徳川家御三卿を始めとして、大藩ばかりをとっても何十万両もの貸付をしている。その返済が滞ったり、踏み倒されたりすれば、『泉屋』が吹っ飛ぶことは当たり前である。

「本当に、武士の世の中が終わると……？」

「ええ。私は江戸詰だった頃、江戸湾や時には浦賀まで行って、番兵をやらされました。小藩からでも二、三名が駆り出されるのです。その時、黒船を目の当たりにしました」

「黒船を……」

実は広瀬も、松山沖に停泊していたのを見たことがある。大坂湾に浮かんでいるのも遠くから眺めた。それほど、異国船が入り込んできているのである。

だが、ほとんどが商船であり、大窪が見たのは大砲を搭載した巨大な軍艦で、しかも石炭で動かす蒸気船だった。それに比べて日本は千石船であっても、その数分の一の大きさに過ぎず、機能も沿岸を走る程度の力しかない。文明科学の違いは明らかだ。

「今更、驚くことはない。文政八年（一八二五）に異国船打払令が出されたきっかけは、英国船がオランダ国旗を掲げて、長崎湾に入ってきたフェートン号事件だ。大砲まで撃ち込まれ、長崎奉行は責任を取って切腹した」

「………」

「それはほんの序の口、異国船は日本の津々浦々に現れていた。幕府が無策とは言わぬが、船手頭の向井将監が指揮する〝幕府水軍〟が沿岸を警備したが、いわば蟷螂の斧。まともに戦えば到底、勝ち目などない」

幕政批判とも捉えられかねない言い草の大窪だったが、藩士でなくなったから、もはや不都合でなくなったからであろうか。義右衛門はそう思いながら訊いた。

「——日本はどうなるのでしょうか……」

「分からぬ……分からぬが、侍の世は終わるのは確かだ。それゆえ……」

大窪は少し息を整えてから、

「井伊直弼様が暗殺されたとの一報に触れたとき……侍を辞めて、妻を看病しようと決めた……もはや幕府の屋台骨は崩れている。どのような世の中になるか分からぬからこそ、妻の側にいたいと」

と言った。

そこまで断言する大窪を、義右衛門は感服して見た。

「偉いですね……」

「いや、まったくだらしがない夫で……勘定方の代わりはいるが、夫の代わりはいないと、今更ながら気づいてな……最期くらいは〝妻孝行〟をとな」

「最期……そんなに容態が悪いのですか」

「医者にそう言われた。義父母には話しておらぬが……あ、これは初対面の方に、つまらぬ話をした。不思議だな……広瀬さん、あんたの人柄かのう」

義右衛門は誤魔化すように微笑むと、坂を登り切ったところから右に曲がり、石段の上にある立派な山門を見上げた。

道端には、蓮池が広がっている。その下に広がる段々畑の溜池に過ぎないが、亀なども泳いでいて、極楽浄土のようにも見えた。白い花がポンと音を立てて咲いたときは、格別な美しさである。

山門を潜ると、偉容としか喩えようのない緑青の大屋根に覆われた本堂がある。瓦ではなく銅葺きの屋根なので、訪ねた人々を圧倒させる華麗さで聳えている。その背後にある鬱蒼とした深い緑と相まって、風格が漂っていた。

「いや……いつ参っても、心が打たれますな……」

　感服しながら、義右衛門が両手を合わせて頭を下げると、横に並んだ大窪も同じ仕草で深々と頭（こうべ）を垂れた。

　世の中が変わったとしても、釈迦如来の慈悲は変わらず、月の光が誰にでも注ぐように、世の中を照らし続けるのであろう。ゆえに、人々の心も癒され、どんな厳しい現実も受け入れて、励むのであろうなと大窪は思っていた。それは義右衛門も同じ気持ちであった。

　そのとき、山門の上にある木魚が鳴らされ、庫裏や鐘楼などと連呼し始めた。すると、ぞろぞろと学僧たちが現れて、本堂に集まり、威儀を正し、粛々と勤行を始めた。その大勢の学僧の下っ端に、大窪の次男の姿もあった。まだ十四くらいで童顔が残るが、しっかりと読経をしている。

　瑞応寺のよきところは、誰もが参禅できるところである。本殿と座禅堂の間にある庭には、金比羅大権現と縁（ゆかり）のある樹齢数百年の銀杏（いちょう）の大木が、天を突き上げるように立っている。目通りは四間以上あり、高さも十丈近くある。大主幹を中心に、四本の幹が一体となっており、不思議な形状をした巨木だ。

本堂の東側にある御堂に、「大転輪経蔵」が奉じられたのは、まだ十年ほど後の明治四年、廃仏毀釈の後のことである。「大転輪経蔵」とは回転できる八角形の経箱で、一回転させるだけで二千巻以上の経典を読んだのと同じ利益がある。この輪蔵は、足利幕府三代将軍の義満が、北野天満宮に奉納した由緒正しいものである。

それほどの名刹が、別子銅山の麓といえる山根にあるのは、古来、いかにこの地が仏縁に恵まれているかを物語っている。

学僧たちが打ち揃った後、細身で背の高い袈裟懸けの住職が、神妙な面持ちで現れて、説教を施すのだが、参拝者であっても軒下から聞くことができる。たとえば、湯島学問所などでも、武士ではない庶民の子女が聴講できる仕組みがある。さほど、この国は下々の者たちでも教養や学問を身につける風習に満ちていた。

「私がしばらく学んだ大坂の懐徳堂でも、そうであった。八代将軍吉宗公が官許したとはいえ、そもそもは『舟橋屋』や『備前屋』、『鴻池』という大坂豪商が作ったものであり、運営も町人たちの手に依った」

「ええ。私も一度、訪ねてみたことがあります。できれば、通ってみたかった」

「この懐徳堂の最初の学主である三宅石庵様は、学ぶ者たちのための〝三ヶ条〟を作っており……書物を持たない者も講義を聞いてよい。やむを得ない用事があれば中途退席してよい。席次は武家を上座と定めるが、講義開始後は身分によって分けない――」

「身分によって分けない……」

「さよう。その後、三宅春楼様が学主になったときには、正式な入門をせずに聴講できるようにし、『書生の交わりは貴賤富貴を論ぜず、同輩と為すべきこと』と戒めて、その方針は貫かれた。もとより国学のみならず、朱子学や陽明学などあれこれと教えたから、毀誉褒貶もあったが、私は庶民のためにはよいと思う」

大窪には教育に対して、並々ならぬ思いがあるのであろう。少し熱気を帯びてきた。長男も懐徳堂で学ばせているが、いずれはもっと優れた所で学問をさせたいと願っていた。

「なるほど、教育は大切でございますな」

義右衛門も同じ思いである。

「さよう。貧しさから抜け出すのも、学問をすることによって成し遂げることができる。むろん、『泉屋』さんのように金を儲けることによって、奉公人たちの暮らしを豊かにし、さらには世の中を良くすることも、大切ですがな。人を育んでこそ、店は繁盛し、世の中が良くなるのですからな」

「今日は本当にいい話を聞きました……実は私の叔父は、京にて曼殊院親王に仕えている漢学者なのです」

「おお、北脇淡水様でござるか」

「ご存じで」

「御名前だけだが……いやいや、これはお見それいたした」

「よろしければ、ご子息もいずれ、叔父にお引き合わせしたい。父と兄は田舎で医者をしてますが、そのツテを頼って名医を呼び寄せ、奥方様の病もなんとかして差し上げればと思います」

「かたじけない。お気持ちだけでも嬉しい……こちらこそ、嬉しい出会いでござった。さすがは、住友『泉屋』にこの人あり……の広瀬さんですな」

年は一廻り以上も下の広瀬義右衛門に、大窪は胸躍る気持ちで、尊崇の念すら抱いていた。いずれ必ず、日本を背負う人間になるであろうと大窪は感じていた。

義右衛門もまた、大窪のことが頭から離れなかった。

四

別子銅山の勘場に戻ったのは、およそ五ヶ月ぶりのことであった。もちろん、その間、早飛脚などによって、銅山の事業の様子などは克明に伝えられ、指示も出していた。

動力で動く異国船が日本の周辺海域に出没する時勢であっても、四国の山奥の銅山では、元禄以来の発掘の仕方で銅鉱が掘られていた。熟達した掘子によって、鑿や鎚で切り開くしかないのである。

百七十年にも及ぶ長い歳月、親子何代にもわたって引き継がれ、掘り出されてきた鉱石によって、『泉屋』の家業が隆盛し、幕府は交易で潤ってきた。

だが、山の暮らしがどれほど豊かになったかといえば、相変わらずというのが、真実の姿ではなかろうか。いや、木炭を作るために周辺の山林は伐採され、禿げ山が広がっている。さらに坑道は深く掘り進められた。ゆえに、〝遠町深鋪〟となってしまった。

今や土佐の領地の山林にまで踏み込んでいるため、その分、金がかかる。深い所で掘る鉱夫にとっては、危険で厳しさが増したわけだから、賃金も上げねばならぬ。この状況が続けば、『泉屋』の方も負担が重くなり、おのずと閉山に追い込まれることになる。

それを避けるためには、新たな〝技術〟を導入しなければならないが、義右衛門にして、まだ喫緊の課題ではなかった。

むろん、元禄四年（一六九一）に開坑してからこの方、掘削技術が進歩していないわけではない。掘り出す環境も、疎水工事がなされて水害は減り、火災も減らせて、住人の安全を確保してきたために、四千人もの人々が暮らせる銅山町として栄えてきた。

鉱夫とその家族のために、江戸や上方から人形浄瑠璃や旅芸人が来る機会も増えたし、新居浜浦に出かける道が整備されたこともあって、〝下界〟との交流も増えた。何より、豊かさが実感できたのは、大坂から届く米や物品が増えたことによる。銅山の人々の方が、同じ新居浜や川之江などの天領や西条藩領の人々よりも、良い暮らしができているとの風聞も多く流れていた。

事実、銅山藩札は効力が強かった。現金と同様に、新居浜をはじめとして、近隣の天領や西条藩はもちろんのこと、遠く今治藩や松山藩まで通じたという。住友『泉屋』の信頼があってのことだが、金に困るということもなかった。

長崎交易を通じて、欧州では別子銅山が知られていた。ゆえに、かのシーボルトは大坂長堀の銅吹所へ行く途中、密かに見学に来たこともある。植物学者でもあったから、ツガザクラやアケボノツツジなど高山植物に興味を抱いたのが動機だった。

シーボルトはドイツ人だが、オランダ商館の医師として来日し、長崎の出島にて『鳴滝塾』という西洋医学の塾も開いた。門弟には、蛮社の獄で犠牲になった高野長英やシーボルトの娘イネを養育した二宮敬作らがいる。将軍家斉とも面会したほどの有力な学者だからこそ、日本の文化や伝統を西欧に知らしめることができた。義右衛門が生まれる前のことだから、知る由もないが、鉱夫たちには語り継がれていた。

異国船打払令が出て後、伊能忠敬の日本地図の写しを持ち出そうとして、シーボルトは国外追放の処罰を受けた。しかし、別子銅山の存在が西欧に知られたことに、一役買ったことは間違いない。

シーボルトが日本から去って三十年も経っている。その間に日本は外圧に翻弄され、世相はガラリと変わっていた。だが、この山奥の銅山はまだ、時が止まっているようであった。

「御苦労さんです――」

鉱夫頭の鉄次郎が、義右衛門を迎えに出た。鬼のような形相で、日焼けしたような赤い肌は、六代前の先祖である〝切上り長兵衛〟から受け継いだものであろう。年は義右衛門より一廻りほど上で、瑞応寺の茶店で会った大窪和吉と同じくらいであろうか。

若い頃の義右衛門は、鉄次郎と一緒に坑道で掘ったことがある。経営者としての向学の精神があると同時に、掘子の大変さを身をもって体感したいとのことで、何度も息苦しい坑道を這ったのである。

掘るだけではない。製錬の仕事も自ら経験して、棹銅の作り方の基本を学んだ。それは大坂本店に出向いたときも同じで、吹所に入っては、灼熱の作業を見守り、時には手伝ったのである。

それらの体験で義右衛門が考えていたのは、すべての工程を新居浜でやろうということであった。この考えは、鉄次郎の先祖である〝切上り長兵衛〟の息子・長太郎も大坂に行った折に感じたことだ。

日誌などが残っていたし、鉄次郎は父親からシーボルトと会った話も聞いていたから、もっと効率の良い掘削術はないかと考えていた。そのことは、これまでも何度か勘場に勤める『泉屋』の幹部に話していたが、なにひとつ具体化されないことに、鉄次郎は苛立ちすら抱いていた。

「此度は、如何でしたか……」

鉄次郎は慰労するように声をかけると、義右衛門は留守中に変わったことがないかと、問い返した。年下ではあるが、今や銅山の最高幹部のひとりである。鉄次郎は

深々と礼をしてから、

「特にありませんが、長雨のせいで、やはり坑道の底の方に水が溜まり、吸い上げるのに難儀しましたわい」

「うむ……そうか……」

「六年前の地震で採鉱場が水没しましたが、その影響がまだ残っとるけんね……自然の力は大きい。儂らの体なんぞ虫けらみたいなもんじゃけん、あっという間に踏み潰される」

「虫けらだなんて、言うたらあかん」

「…………」

「人はみな等しく大切な命を持って生まれてきた。そやからこそ……」

「何の話をしてるんです。説教はええですわい」

鉄次郎は険悪な声で、責めるような目で義右衛門を睨みつけた。

「金勘定するのがあんたの仕事かもしれんが、儂と一緒に薄暗い坑道で掘子の真似事をしたのを忘れたんじゃないやろね」

「あんた……」

仮にも上役に向かって、あんた呼ばわりしたことに、義右衛門はかなり誇りを傷つけられた気がした。若いと思って見下されているのかとも思った。しかも、丁稚の頃と違って、義右衛門はすぐにカッとなる性分に変わっていた。

「腹が立ちましたか、広瀬様……」

「………」

「銅山の者、なかんずく掘子たちはもっと腹が立っとるよ。遠くまで薪や炭にする材木を取りに行き、水を谷底まで汲みに行き、大切な坑道は息が出来ないくらい深い所まで潜り込まにゃ、掘ることができん」

鉄次郎は絞り出すような声になって、

「それでも、我慢に我慢を重ねて、儂らは働きよるんよ」

「――嫌なら……」

「嫌なら？　嫌なら、なんぞちゅうんですかいのう。銅山から出てけとでも、言うんですか、勘場大払預かり様」

皮肉っぽく、からかうように言う鉄次郎に、思わず義右衛門は声を強めて、

「何が不満なのやッ。帰ってきて早々、文句を言われる筋合いはないぞ。そもそも、おまえは偉そうにし過ぎる。先祖が〝切上り長兵衛〟かどうか知らんが、そんなことが通じる世の中だと思うなよ」

「儂のご先祖様の悪口ですかいのう」

「いや……そうではないが、おまえはそれを常々、鼻にかけておる」

もはや伝説的な人物とはいえ、別子銅山開坑の立役者を蔑むような言い草は、いかにもまずいと感じたのか、義右衛門の声の調子は落ちた。それでも、鉱夫やその家族のために、自分は一心不乱に働いてきたという自負がある。幾ら鉱夫頭とはいえ、経営者側に楯突くことは許せないと思った。

「そっちの方が傲慢と違いますか」

まるで義右衛門の心中を見抜いたかのように、その顔を覗き込み、

「住友『泉屋』がおまえらを使うてやっておる。おまえらは、勘場の言うとおりに働いておりさえすればええのや。そしたら、食うに困らぬのや、とな」

「そんなことは微塵も思ってない。みなには感謝しておる」

「あんたの態度を見ておったら、そうは思えん。まるで、お侍みたいや。川之江の代官所から来る役人と変わらんが」

文化年間に、幕府から銅山御用達の肩書きと住友の苗字を使える許しを得て、文政年間には銅座掛屋という重要な地位になった。だから偉くなったと経営陣は勘違いをし、鉱夫たちを蔑ろにしたと、鉄次郎は思っていたのかもしれぬ。

なぜなら、その頃、大湧き水が起こったにも拘わらず、結局は手をこまねいてばかりだったからだ。元禄の昔から相も変わらず、銅山は災害に苦しめられ続けている。

「あんたが留守の間に、死人こそ出なかったが、一歩間違えば大惨事が起こったのや」

「…………」

「そのことについては、支配人らが対処したから、何の問題もなかったが、その場に、あんたがおらなんだちゅうことが、儂には残念でたまらなんだ」

さらに責めるように鉄次郎は言った。

義右衛門はその気持ちが痛いほど分かった。苦楽を共にするはずの仲間が、肝心要のときにいないということが、長年の信頼すら薄れてしまうということに、義右衛門は気づかされたのだ。

「儂らは別に、二十数年も頑張ったあんたが、妻子と一緒に故郷に帰るのを責めたりしてない。錦を飾るのは結構なことや……」

鉄次郎は少し言葉を詰まらせて、

「ほじゃけんどな……銅山におる者のほとんどは、ここで生まれて、ここで育っとるんよ。故郷はこの山で、帰る所があるわけじゃない。この山で生き、死んでいくんじや……命を賭けとるんじゃ。世の中が変わるちゅうときに、何をのほほんとしとるんじゃ！」

と語気が激しくなった。その鉄次郎の気持ちは分からぬではない。鉱夫頭として、何百人もの掘子を束ねる苦労は分かる。義右衛門は自らを落ち着かせて、

「――やはり、何かあったんだな、鉄次郎さん。こんなに不満を露わにするなんて、おまえさんにしては珍しい」

「…………」

「鉱夫たちの手当てを増やして欲しいのか。それとも、休みが必要なのか。〝遠町深鋪〟を改善したいのか……私も色々と考えておるから、何でも相談してくれ」

優しい声で義右衛門が言ったが、鉄次郎の気持ちはまだ穏やかにはならず、

「去年、儂も大坂に行かせて貰うた。本店の吹所も相変わらずじゃ……二百年近く変わらんやり方も結構。ご先祖様も、その様子を書き残しとる。匠の技じゃ。そりゃ尊敬しとる。けど……大砲を積んだ蒸気船とやらが、この国に来るご時世ぞね」

「百も承知や」

「だったら、何かすることがあろうもんじゃと、儂は思うけどな」

鉄次郎が大坂を訪ねたときは、さすが鰻谷の住友本家は大店中の大店で、寛永から

続く銅吹所の仕組みにも改めて驚いた。銅山から運ばれてきた粗銅を、百基余りの炉で精錬する様子には、惚れ惚れするものがあった。

長堀川、東横堀川、西横堀川、道頓堀川に囲まれた島之内一帯は、相変わらず活気があって、吹所の他に、古銅売上取次人、銅細工人、銅仲買人がひしめいている町だ。この界隈に銅吹所が集中していたのは、精錬に大量の水と木炭が必要だったのと、多くの河岸があって水運に便利だったからだ。昔は、〝おなぎだに〟と呼ばれてデコボコしていたらしいが、美しい浜が続いている。大坂では、河岸のことを浜と呼ぶ。

まさに住友の浜から、棹銅は長崎に運ばれ、そこから中国や東南アジア、インドなどに運ばれ、アムステルダムの銅相場会所を経て、ヨーロッパ全土に送られていることとは、何度も聞かされたことだ。しかも、国内で年間千万斤（約六千トン）も生産する銅のうち、三分の一は『泉屋』が扱っている。だからこそ、鉄次郎は自分たちの仕事に誇りを持っていた。

「のう、広瀬様……儂らが深い所まで掘りにいってる銅が、広い世界で役に立っとるということが、なんや胸躍るほど嬉しいのや。その気持ちは大事にしてくれんかね」

今度は嘆願するように鉄次郎が言うと、義右衛門はしかと頷いて、

「もちろんや。私も九歳のときに『泉屋』の丁稚になり、別子銅山に来てからもずっ

と、銅のことしか頭にない」

「………」

「銅によって、世間を少しでも良くする。それしか考えてない。そのためには、鉄次郎さん、あんたらがおるからこそやと、私は百も承知している。そやさかい、何か不満があるならば何でも投げかけてくれ」

義右衛門はそう言いながらも、瑞応寺に一緒に参拝した大窪の顔を、また思い浮かべていた。まさに内憂外患を感じ取っており、この国の先々について、どうすべきかを考えていたからだ。

――もしかしたら、徳川幕府が瓦解してるように、この別子銅山の中でも、何かが崩れているのかもしれんな。

と義右衛門は感じていた。

まさか、目の前の鉄次郎が扇動して、鉱夫たちが義右衛門を襲うようなことはないだろうが、目に見えぬ不満が溜まっていることは感じる。仕事の改善だけのことではない。いつの世も不平不満というのは、思いがけないことで爆発する。

「もしかしたら鉄次郎はん……掘子たちは、『泉屋』に何か要求があるのかね。よりよくすることに、私も全力を尽くすが、安請け合いをして、ガッカリさせとうもない」

「不満はありません。あるとしたら、疲れてることやと思う」

「ならば、みなで道後でも行くか。仕事は交代でやれば、なんとかなるやろし」

「そんな話をしとるんじゃないです。儂は正直言うて、あんた……いや、あなた様にもっと大きな目で、広い心で、強い意思で、世の中を俯瞰して、儂らをぐいぐい引っ張っていって貰いたいんですわ」

「――大きな目、広い心、強い意思……」

口の中で繰り返した義右衛門は、ふいに背中を押されたような気がして、まじまじと鉄次郎の顔を見た。

「別子銅山は相当深くまで掘りましたがね、まだまだ銅鉱は眠ってます。それは儂が保証しますわい。ほじゃけん、何か新しい技を使うて、どんどん掘り出したいんだ。儂ら掘子が考えてるのは、それだけじゃ」

「………」

「大砲や蒸気船を持った異国人ちゅうのは、火薬と石炭があるちゅうことやろ。その技術を使えば、銅山かてもっと沢山、楽に掘り出せるのと違いますか」

鉄次郎は興奮気味に言った。どこから、そのような知識を得たのかと義右衛門は思

ったが、鉄次郎はニコリと笑って、

「儂のこと阿呆やと思うとるでしょ」

「いや、そんなことは……」

「炭にする木材を伐採するために、土佐領内の山を使わせて貰うとるでしょうが。そこで、色々な話が耳に入るんです。土佐人は、幕府が倒れるのは、そう遠くないと言うてる。井伊大老を襲ったのは水戸藩士やが、薩摩の者もいた。土佐の郷士や徒士も関わってるという噂じゃけんね」

　むろん、義右衛門の小耳にも入っていたが、噂話の類に過ぎぬと思っていた。危機感が足らぬと思ったのか、鉄次郎はデンと石垣の上に座って、

「儂の先祖のさらに先祖は、四国の山をはじめ諸国の山中を巡った修験者らしいけんね。山の民同士の繋がりは深い。この国がオカシイと気づいてるのは、町人や百姓じゃのうて、辺境の海の民、山の民かもしれんな。儂の血が妙に騒ぐのも、そのせいかもしれん」

　と言いながら、山間から眺められる遠くの瀬戸内海を見下ろしていた。

「世の中は動きよるぞよ。遅れを取らんようにせんと、住友『泉屋』も生き残れん。怒濤に飲まれてしまうぞね」

鉄次郎の言うとおりかもしれぬと、義右衛門は改めて身を引き締めた。

別子銅山が、世界から押し寄せる津波に翻弄される時は、もうそこまできている。大坂での見聞ではなく、図らずも四国の深山の奥、しかも自分が立っている足下で、義右衛門は新しい時代の到来を思い知らされた気がした。

山颪（やまおろし）が轟々と吹き始め、あっという間にふたりを包み込んだ。

激流の波

一

鉦や太鼓を打ち鳴らしながら、

「ええじゃないか、ええじゃないか、ええじゃないか――！」

と神社の御札をばらまきながら、色とりどりの派手な衣装の一団が、銅山越えにさしかかった。三十人ばかりであろうか、阿波踊りのように少し腰を屈めて両手を掲げ、寸分違わぬ動きで調子を合わせている。

「やいや。ええじゃないか、ええじゃないか。あ、やいや！」

ゆっくりと雲が泳いでいる青空の下に、御札がひらひらと舞っている。峠道に往来している、銅鉱石を背負った仲持や米や物資を運ぶ強力らも立ち止まって、物珍しそうに見ている。

「まったくのう……近頃は、妙な〝ええじゃないか〟ちゅう御札降りが流行って、困ったもんじゃな」

「ええことなんか、悪いことなんか、うちらにはよう分からん」

「御札を貰うたら縁起がええらしいで」

「上方の方じゃ、お伊勢様にまでお陰参りに行くそうな。一生に一度は行ってみたいが、儂らには縁がないねや」

「山根の内宮神社でええがね。伊勢神宮の内宮から勧請して、文武天皇様の御治世に作られたんじゃけん」

「おう。そうやったなあ。儂ら、毎日のように通りよるけん、御利益はようけ貰とるわいのう。ありがたや、ありがたや」

往来する人々たちが、口々に話していた。

慶応三年（一八六七）の夏頃、京や大坂など上方で始まった〝ええじゃないか〟は、あっという間に東海道や西国、四国などに広がりを見せた。

猫も杓子も派手な衣装を纏って、仮面をつけたり、髪を様々な形に結ったりした集団が、「ええじゃないか、ええじゃないか」と熱狂した声で連呼しながら、町々を巡るのである。そのままの勢いで街道に出て、本当に伊勢神宮まで行く群れもあった。

浮かれた気分で行っているのではない。二百七十年も続いた幕府が、今や倒れようとしているときを人々は肌身で感じ、不安だらけの中で、半ば自棄（やけ）で行っている風潮もあった。

桜田門外の変の後、老中の安藤信正が朝廷と幕府の融和を図る、いわゆる公武合体論を出し、皇女和宮（かずのみや）を将軍家に嫁がせたりしたものの、逆に尊王攘夷派から激しく非難された。井伊直弼暗殺に追い討ちをかけるように、文久二年（一八六二）に安藤までもが江戸城坂下門外で、水戸の脱藩士らに襲われた。

その後は、外様でありながら朝廷と幕府に繋がりのある薩摩藩が、事態の収拾に乗り出したが、尊王攘夷論をかざした長州藩の動きも激しくなり、ますます混沌とした状況になった。

その政情が揺らぐ中で、生麦事件や薩英戦争、八月十八日の政変、天誅組の変、生野の変、池田屋事件、蛤（はまぐり）御門の変など、おびただしい数の事件が立て続けに起こった。もはや内乱である。幕府は長州征伐に乗り出した。その世相を受けて、「今年は世直りええじゃないか！」「なんでもかんでも、ええじゃないか！」「国中世直り、ええじゃないか！」「長州さんのお上り、ええじゃないか！」「土佐も薩摩も、ええじゃないか！　あ、それそれ！」

民衆の熱気は明らかに、今までの封建体制にうんざりしており、何かは分からぬが新しい時代が到来するという期待に胸を弾ませていたのだ。その煽りは、四国の山奥にも届いていた。

だが、銅山越えの一団がばらまいているのは、御札ではなかった。

騒ぎに駆けてきた銅山の住人や往来する者たちが拾い上げて見ると、そこには――

「花村雪之丞一座、推参」

と女形の役者絵とともに記されていた。旅芸人の浮世絵風の〝散らし〟である。

「今年は尚一層、艶(あで)やかに美しく、可憐な雪之丞をご披露致しますので、皆々様、と様かか様、じっちゃまばっちゃま、子や孫も打ち揃っての夢芝居、ぜひにぜひに楽しんでくだしゃんせ」

御札をばらまきながら、座員たちが口上を述べ始めると、後ろからついてきていた荷車からバサバサと幟(のぼり)が何本も立ち上がった。

――花村雪之丞一座。

勘亭文字で染め抜かれた幟は、山風に吹かれて、まるで戦国武将の軍旗のように、音を立ててはためいた。さらに後ろから、座員に続いて、新居浜浦からついてきた見物人たちも現れて、一緒になって「ええじゃないか、ええじゃないか」と連呼している。

そんな大騒ぎの中、荷車に隠れていた座頭で女形の花村雪之丞が、美しい艶姿で立ち上がり、ひらひらと舞扇を披露しながら、

「別子の山の皆々様、三年ぶりにお邪魔致しまする。日頃の憂さ晴らしに、花村雪之丞の夢芝居、華麗にお届け致しますれば、心から楽しんで、アッ下さいましなあ」

と見得を切ったとき、泥がバッと飛んできて、煌びやかな衣装が汚れた。

「!?――」

驚いて見やると、泥団子を投げたのは、小さな子供だった。他にも数人の子供らが木陰や岩陰から現れて、ぬかるみから泥を掬い取って団子にするや、ポンポンと投げつけた。

突然のことに呆然となった雪之丞だが、座員たちが駆け寄って庇いながら、

「何をするんだ、小僧。そんなことしちゃ、ダメじゃない」

と言うと、子供のひとりが、

「ええじゃないか……泥を投げても、ええじゃないか！　ええじゃないか、ええじゃないか、ええじゃないか！」

囃し立てるように歌い踊ると、他の子供たちも調子を合わせながら、次々と泥団子を旅役者たちに向かって投げ始めた。座員たちも大声で叱りつけるわけにもいかず、遠慮がちに追っ払っていたが、子供たちはさらにいい気になって、投げつけてくる。

　すると、一座の中のひとりの大男がヌッと飛び出してきて、

「こらあ！　なにをしとるかア！　悪いことをする奴は、噛みつくぞ！」

と大声で怒鳴った。まるで落雷のように峰々に響いた。

　芝居では鬼や夜叉、弁慶のような強くて恐い役柄で大暴れする、〝大入道（おおにゅうどう）〟という芸名の役者である。実際、六尺を超える背丈で、勧進相撲の力士のような体軀だから、子供たちは恐くなって、わあわあ泣きだして逃げた。

「――あっ……すまん。そんな脅かすつもりじゃなかったんじゃが……」

　急に申し訳なさそうになる〝大入道〟に、にこにこ笑いながら近づいてくる村人がいた。銅山の鉱夫とは違って、身なりを小綺麗にしており、医者のように総髪に束ね、優しいまなざしだった。

「相変わらず乱暴者よのう、正助（しょうすけ）」

　正助と声をかけられた〝大入道〟は、男を見るなり俄に相好（そうごう）を崩し、

「こりゃ、ぶったまげた。大窪先生じゃござんせんか。いやあ、懐かしい」

と大きな体を揺らして喜んだ。

恐そうな顔と図体だが、笑うとまだ若者らしいあどけなさも残っている。大窪が大坂の懐徳堂で講義をしたり、学んだりしていた頃、砂利の庭に座ってまで聞いていた若造だ。瀬戸内村上水軍の本拠地・新居大島出身の村上正助という立派な士分である。

「先生と言うな。おぬしも、元気そうで何よりだ」

「いやいや、俺にとっちゃ先生に違いないか……でも、なんで別子の山におるんですか。小松藩藩士の御方が」

瑞応寺坂下の茶店で、女房を看病していた大窪和吉である。

「私はもう藩士ではない」

「脱藩したんですか。あっ、もしかして幕藩体制には愛想を尽かして、尊王攘夷派に鞍替え（くら）ですかいのう」

「そんな元気はない。女房は亡くなり、私はもう五十を過ぎた老人だ」

「奥方様が……ご愁傷様です」

「もう五年も前のことだ。それより、おまえこそ何故、旅芸人と一緒に……」

「実は……」

正助は何かを言おうとして、大きな体を丸め俄に小声になって、

「幕府の役人に追われとるがよ」

「とるがよ?」

「わしゃ近頃、土佐の者たちとつきおうちょるけん、訛りが移ったがよ」

「おまえは昔から、調子ばかりよいから、どこまでが本当か冗談か分からぬ。まこと、御公儀の役人に追われる身なのか」

「追われる身ってほどでもないんじゃけど、まあ、そんなもんで……だけん、旅芸人一座に隠れるのは好都合で」

「とにかく、うちにこい。懐かしい話でもしようではないか。私は、下財小屋に住まわせてもらった上で、勘場の一室で私塾……といっても寺子屋の真似事をしておる」

「やはり先生じゃないですか」

「さっきの泥団子を投げた奴らは、私の教え子だ。すまぬ、このとおりだ」

大窪が頭を下げて、積もる話もあるからと誘うと、正助は一座の手伝いがあるから、後で訪ねると一旦、別れた。

峠地蔵から鉱山町の方へ向かっても、まだ「ええじゃないか」の声が続いていた。晴れやかな声は、鬱屈していた銅山にとって嬉しくあったが、浮かれてるときではないという思いも、大窪にはあった。

芝居をする約束は前々からのことだろうが、あまりにも世相が厳しすぎる。別子銅山も継続できるのかどうかという、憂き目に遭っている最中だったからだ。

「それにしても……あいつが御公儀に追われてるとは、穏やかじゃないな」

深い溜息をつきながら、大窪は山に砌している旅芸人の挨拶の声を聞いていた。

二

行灯のあかりの下で、大窪は書見をしながら、この数年の来し方を振り返っていた。広瀬義右衛門と会っていなければ、別子銅山のあるこの山間の村で、私塾を開くことなどなかったからである。

妻は看病の甲斐もなく、小松藩を辞めてから二年足らずで亡くなった。しばらくは、瑞応寺坂下の茶店で薪割りなどをして暮らしていたが、いつまでも義父母に甘えるわけにもいかない。息子ふたりも自分の道を歩み始めているのだから、私塾でも開いて、近在の子供たちの面倒でも見ようかと思っていた。

そんな矢先のこと、広瀬義右衛門の二度目の妻も子供を残して亡くなった。なんともやるせない思いであったろうが、同じ気持ちで憐れんでくれたのかもしれぬ。

「私塾を開くなら、別子銅山でやってくれませんか。勘場の者たちの子供らに、教えてやって貰いたいと願ってます」

義右衛門はそう誘ってくれた。その頃の銅山支配人は清水惣右衛門で、快く受け入れてくれたが、慶応元年（一八六五）からは、義右衛門が銅山支配人になっている。三十八歳での就任は、異例の若さだった。

その若い義右衛門に、初老の大窪は残りの人生を託したのだ。むろん、別子山村では古来、寺の住職や神主らによって教育は施されていた。別子銅山が開坑されてからは、著名な学者を招くことで、大人も子供も教養を高められていた。

殊に、元禄七年（一六九四）に南光院快盛という真言僧が村に住み着き、若者や子供らに読み書き算盤を教えた。さらに仏道や文学、数学、薬草学などを指導してからは、荒々しい鉱夫の町でありながら、京文化の香りがするようになった。南光院快盛は元は北面の武士だったが、祈禱や施薬で病人を癒したので、医者としても尊敬されていたという。

大窪も少なからず蘭方、漢方の医学の心得もあった。大坂の懐徳堂仕込みの実学もあり、小松藩の藩校『養正館』で学んで後、藩士でありながら、儒学の教鞭も執っていたほど学識が豊かであった。ゆえに、義右衛門はこれからの銅山の人材育成になると考えたのであろう。

　この『養正館』を開いたのは、〝伊予聖人〟とか〝伊予の陶淵明〟と呼ばれた近藤篤山で、別子銅山とも縁がある大学者だ。

　伊予国宇摩郡小林村の裕福な庄屋に生まれた篤山だが、干魃の影響で家業が傾いて後、父親は別子銅山の役人となった。そのため、安永七年（一七七八）に別子村に連れて来られた篤山は、円通寺で徳行を施されたという。円通寺は、厳島の合戦で敗れた平家の残党が土佐に作ったもので、ここは出張所である。

　銅山の小足谷という所で暮らしたのは十六歳の頃までで、父親の勧めによって今治城下に送られ、その後、大坂に渡った。幼い頃から、秀逸だったから学問をさせるためである。

　大坂では、柴野栗山、古賀精里とともに、〝寛政の三博士〟と呼ばれた、尾藤二洲のもとで儒学を学んだ。尾藤二洲も伊予国川之江の出である。故郷が同じ〝東予〟であるため、相当可愛がられたに違いない。尾藤二洲が昌平黌の教授として江戸に行った後は、篤山が塾を預かっていたが、後に昌平黌に招かれる。

　官学の学者として将来を嘱望された篤山だったが、学問を究めるほど、

——学問は己の地位や名声のためではない。

と考えるに至り、別子銅山に帰った。

これは昌平黌教授としての出世を捨てるということを意味している。両親の側で孝行したいという思いもあったからだが、尾藤二洲の故郷である川之江で私塾を開いた。身分を問わず、特に若い人の教育のために尽力した篤山の高徳な教えは、伊予や讃岐で噂になり、あちこちから招聘の声がかかった。中でも小松藩藩主の一柳頼親が熱心に、賓師として迎えると同時に、

「藩校にて教鞭を執って貰いたい」

と頼み込んだ。賓師とは、藩主など偉い人に学問を教えたり助言をする者を意味する。川之江と小松藩は、西条藩とともに、同じ伊勢国神戸藩主の一柳家を祖先とする。それゆえ、是が非でもと小松藩主はねばったのであった。

それでも、篤山は固辞し続けていた。そんな折、父親が別子銅山を引退し、大生院村で余生を送ることになった。当時、大生院村は、小松藩の飛び地だった。新居郡では他に、上嶋山村、半田村、萩生村が小松藩領だったので、別子銅山とも無縁ではない。

両親が小松領に隠居したのをキッカケに、篤山は四十年もの長きにわたって、小松藩の藩士やその子弟はもとより、農家、商家、職人ら分け隔てなく教育したのである。

すでに、篤山はなくなって二十年。藩校はその子、近藤南海らに継がれているが、大窪にとっては、十六歳から三十一歳までの間、師と仰いでいた大恩人である。別子銅山ゆかりの恩師に導かれるように来たのも、これまた合縁かもしれぬ。人と人とは、どこかで繋がっているものである。

「——篤山先生……私も随分と年を取りました……先生が『養正館』を開いたのが、まだ四十歳になる前ですから、まこと私は馬齢を重ねただけでございます……」

揺れる灯明をぼんやりと見ながら、大窪が呟いたとき、正助がこっそりと入ってきた。大きな体を小さく丸めて、まるで人目を忍ぶような態度である。

「本当にご無沙汰しておりました」

正助は心から、申し訳なさそうに言った。

というのは、大坂の懐徳堂で大窪の教えを受けていた頃に、生半可な知識で人を言い負かそうとする性分が災いして、学主の怒りを買って激しく叱責されたからである。大窪は同じ伊予の出ということで庇ったのだが、意地っ張りな性分だったのもあって、正助は飛び出していったのが最後だったからだ。

「それから、どう過ごしておった。お上に追われる身だなんていうから、心配しておったのだぞ。何をしたのだ」

「俺のことじゃけん、あちこちで上手く立ち廻りました。学問所では見えないものが、世間では肌身に感じることができました。京や大坂はこの十年ほど色々と大変で、もちろん江戸にも行ってみましたが、なんちゅうか……世の中が動いとるちゅうのがよう分かります」

「で、何をやらかしたのだ」

「やらかしたとは人聞きの悪い……俺は主に土佐の連中に触発されて、新しい学問をしとったんです」

「たしかに、世の中は動いておるが、人は人として地に着いた暮らしをするべきだ。おまえを見ていると、なんだか危うい気がする。本当に大丈夫なのか」

「はい、それが……新撰組にも狙われたことがあります」

「新撰組に……」

禁裏にて討幕を画策する輩を掃討するために組まれた、いわば警察権のある武装集団である。幕末の京には、諸国から尊王攘夷と倒幕運動が渾然となって、過激な思想を抱いた下級武士が集まり、治安が酷く劣悪だった。京都所司代や京都町奉行はあるものの、激しい戦闘に対応するため、浪士で組織した新撰組を常駐させていたのだ。

「おまえは、討幕に関わっているのか」

「断じて、乱暴狼藉を働いたりはしてまっせん。手を出したりはしてませんが、陰ながら応援はしております」

「危ない真似は慎んでくれよ」

「先生……世の中を変えるには、多少の危険は承知の助ですけん」

「我ひとりで世の中を変えるなんぞと、大それた妄想を抱くのではないぞ。学問をするとは、自分で物事を考える力をつけるためだ。自分の頭で考えることができれば、自ずと自分の道が開かれる。誰か他人の意見や考えを盲信することにはならん」

「分かっとります。先生が語っている儒学でも、中庸こそが大事。学問によって思慮分別を身につけ、直情径行は決してならぬとね。だからこそ、俺は……」

正助は息を整えて、真剣なまなざしになった。

「俺は……？」

「人を傷つけず、己も傷つけず、話し合いで世の中を変えることができんかと、ずっと考えとるじゃき、坂本龍馬や中岡慎太郎らは決して、過激な分子じゃないちゅうとるです」

「急に怪しい土佐訛りも混じるのう……」

大窪は苦笑しながらも、坂本や中岡の名は聞いたことがあるので、知り合いなのかと尋ねると、正助は大親友だと答えた。調子のよい正助のことだから、大窪も額面通りには受け取っていない。が、正助は山内容堂や吉田東洋などの名を出して、かなり土佐にかぶれているように感じた。

「なかでも先生、俺は竹内綱ちゅう男はなかなかの人物と思うとります。年は俺より五つ六つ下ですが、凄い奴です」

「ほう。おまえが褒めるのだから、よほどの逸材なんだろうな」

「去年のことです……」

慶応二年（一八六六）の夏に、土佐宿毛の外れにある阿満地浦に、イギリス軍艦が停泊したことがあった。その折、小銃を備えた歩兵隊を率いて異国船に接触を試みたが、到底、敵わぬと判断した竹内は、とんでもない行動に出た。

「どうしたんだと思います、先生……なんと単身、英国船に乗り込んで、自分の国の法や制度を話して、日本から出て行くようにと直談判したんですよ。言葉も分からんのに」

「そんなことを！」

「下手をしたら殺されるかもしれん。じゃけど、身振り手振りで一生懸命。言葉なんて二の次、要は心じゃね、先生」

「相手は納得したのか」

「逆に英国人に、えらい接待を受けて、異国のきつい酒を飲んで陽気に酔っ払ったとか。酒飲んで話せば仲良くできる。同じ人間じゃちゅうことが、よう分かった出来事よ」

「なるほど。まるで見てきたように言うが、その場にいたのか」

「竹内さんに後で聞いた話だが、俺も停泊してた黒船は見た。喧嘩できる相手じゃない。本当にするなら、こっちもそれなりの装備をして立ち向かわんとな」

もちろん、浦賀で黒船を目の当たりにした大窪は、百も承知している。

「先生。俺は新しい世の中を作りたいけん学問をした。義を見てせざるは勇なきなりと言うじゃろ。必ず異国に勝てるような国にしちゃるけん。先生もええ知恵貸してな」

「勝てるような……？」

「戦のことじゃないぞね。対等に話ができるように、こっちも色々と立派にならんといかんちゅうことで」

「そうだな……」

正助の昂ぶる心を理解しながらも、大窪は気のない返事をした。年のせいかもしれ

ぬと、大窪は言い訳の苦笑を漏らしたが、正助は恩師を心配そうに見つめ、

「――銅山の幹部には、先生の評判はあまりようないけん……」

「…………」

「掘子を煽って、なんや知らんけど騒動でも起こそうとしてるのやないかと案じてる……そんなことを聞いた。銅山に来たばかりの俺の耳に入るくらいじゃけん、先生、気をつけといたがええよ」

「私にはそんな気はさらさらないし、扇動するような力もない。ただ……」

気がかりなことはあると大窪は続けた。

「去年、幕府は、長崎交易に使う御用銅を廃止したのだ」

「ええ!? てことは、別子銅山は大損やないですか」

「掘り出されるすべての銅は、国内用の地売銅として銅座で買い受けられる。もっとも、これまでより高値で引き取られることになったのだが、稼人の支給米までもが廃止されるとなると、結局、採算が取れなくなって、休山にならざるを得ない」

実際、慶応三年（一八六七）は、三万両余りの損失になっている。義右衛門はこの間も、松山預かり役所や西条藩などに融資の嘆願などをして、窮状を凌いでいる。だが、芳しい結果は出ていない。

「やむなく広瀬さんは、支配人として決断をした……住友本店から来ている手代らには、当分の間、無給で奉公するようにと誓約書まで書かせ、掘子たち稼人たちの給金も引き下げたのだ」

「――そんな……」

「その上、米売り渡し値まで引き上げざるを得ず、広瀬さんは自分の財産を処分してまで、銅山を守ってるのだ」

暗澹たる思いで語る大窪に、正助は同情しながらも、

「先生……先生がなんで、この銅山の先行きを心配せにゃいかんのですか……生まれ育った所ではないし、広瀬さんにだって、さして恩があるとは思えんけど」

「ああ……」

「むしろ、山を下って、広い世界に出て、先生の思いの丈を、もっと多くの人々に伝えたらええじゃありませんかッ」

「そんな元気はない。私は亡き女房の供養をしながら、この地で果てるのが夢だ」

「この地て……禿げ山だらけで、人々は貧しさに喘いでいて、子供らだって泥団子を投げるほど鬱屈しとる。俺にはそう見えた」

「………」

「ここは先生に相応しい所じゃない。どうです、いっそのこと俺たち一座と諸国遍歴と洒落込みませんか。そしたら、優れた人と出会って、また新たな人生が……」

「いや……私はここにいる」

大窪は静かに、蠟燭の灯りに浮かぶ正助を見やった。

「おまえには貧しくて、夢のない所に見えるかもしれんが、元禄の世から、この銅山から生み出される銅で、この国も、遠い異国も潤ってきたのだ。世界の人々の役に立ってきたのだ……そのために命を削って戦ってきた人々に、私は寄り添って暮らしたい」

「先生……」

「目の前のひとりを救う。それが、ささやかながら私の信念や……近藤篤山先生にも、そう教えられたからな」

しんみりと聞いていた正助は、少し潤んでいた目を擦ってから、膝を叩いた。

「やっぱり、その方が先生らしいわい。よっしゃ。俺も頑張るけん。先生も気張ってんよ。それより、明日の芝居、一等席で観て貰うけん、ほんのひとときでも楽しんでや」

明るく励ます正助の屈託のない顔を、大窪も笑顔で見つめていた。

三

芝居には打ってつけの晴天だった。雲ひとつなく、鳶（とび）が大きな羽を広げて、気持ち良さそうに浮かんでいた。

銅山の稼行を始めてから百七十年も経つと、辺りの様子も変わって当然である。歓喜坑から歓東、東山、自在、床屋、西山、大和、天満、中西……さらに、大黒、都、大平、寛永など数々の坑道が嶺南、嶺北から地中深くに広がるたびに、人々の暮らす繁華な場所も、幕末の頃には小足谷の方に移っていた。稼人の下財小屋も山の傾斜に従って広がっている。

盆踊りや寄合などをする空き地には、宮地芝居のような段幕が掛けられ、櫓仕込みの舞台では、女形の花村雪之丞が艶やかな芝居を披露している。檜舞台の華やかさには欠けているものの、珍しさもあって、客席からはヤンヤヤンヤの拍手喝采であった。

かつて、住友『泉屋』が銅山によって分限者になったことで、それをやっかむような題材の歌舞伎が大坂で流行ったことがある。それゆえ、芝居というものを『泉屋』は好ましからざるものと感じていた。だが、稼人とその家族が楽しむものであれば、今後も大いに旅芸人を招こうと、勘場役人らも考えていた。

ここ小足谷に、千人もの客が入る劇場ができ、有名な歌舞伎役者をはじめ数々の芸人が来山するのは、まだまだ時代が下ってからのことだ。が、その萌芽とも言える。

しかし、喜んで観ていた観客の顔色が少しずつ変化をしたのは、物語の後半になってからであった。

これまでの筋立ては、一杯の水を請われた物乞い女が、実は都落ちしていた美しい高貴な姫だと分かり、親切な村人に華麗な織物を作ることで恩返しをし、里村を豊かにする——というものだった。だが、雪之丞が演じる美しい姫が、都からの追手に捕らえられ、火炙りの刑に処せられた。

ここで登場する悪党を演じるのが、正助である。芝居であるのに、客席からは悲鳴や野次が飛んでくる。それでも、正助は気持ち良さそうに演じていた。

すると、雷鳴轟き、山河が崩壊するほどの異変が起こり、まるで姫が〝復活〟するかのような霊的な現象が沸き立つ。そのことで、村人たちは憑依(ひょうい)したかのように、姫を処刑した役人たちを襲うという展開となった。

その後、里村に平穏が訪れて、姫は山に祭られ、織物の里として子々孫々繁栄するであろう希望で終わるはずだった。が、あろうことか、たまさか見物していた川之江

代官の役人がふたり、

「やめやめい！　どういう了見で、かような芝居をやっておる！」

と強引に、途中で幕を引かせてしまった。

芝居に興じていた客たちも、このことには大いに色めきたったが、代官所役人も横柄な態度で迫った。銅山と織物の里村に置き換えて、公儀に逆らうような話に拍手喝采を送るのは、同じ考えの持ち主と見なし捕縛すると、乱暴に言ったのだ。

「芝居の話じゃ。関わりないわい！」

「なんじゃ、ケチつけんのか、この木っ端役人めが！」

「おまえらとて、儂らの稼ぎで、おまんま食うとんのと違うんかッ」

「ガタガタぬかしおったら、くらっしゃげるぞ！」

殴るぞと役人に向かって脅しをかましたのである。色めきたった鉱夫たちは屈強である上に、人数も多い。さすがに代官所役人も怯んだが、これ以上騒ぎを大きくすれば、斬るぞと威嚇して睨んだ。

「斬れるもんなら斬ってみいや！」

「殺される前に、こっちは飢え死にじゃわい！」

「上等じゃ、斬れ斬れ、斬ってみんかい！」

逆に鉱夫たちを刺激することになったが、代官所役人も後には引けず、意を決したように抜刀しかけた。

静かに見守っていた大窪だが、このままではまずいと察し、止めに入った。仮にも元武士である。剣術にも多少の覚えはある。

そのとき、「やめんかッ」と怒声を張り上げながら飛び出して来たのは、鉄次郎であった。芝居も見ずに、坑道の奥まで数人の手下と潜って、湧き水の処理をしていたのだ。芝居が終わるのを見計らって、酒などを持参して慰労の宴を催そうと思っていた矢先の出来事だった。

鉄次郎は頭に血が上っている鉱夫たちを制してから、代官所役人ふたりに向き直り、丁寧に頭を下げて、

「堪(こら)えてやって下さい。みんな仕事がのうて、本当は辛いんですわい」

「…………」

「大坂本店も、長州征伐のためには金を出しても、儂らには出せんちゅうのやから、銅山の者たちゃ、悔しい思いをしとるんじゃ……どうか許してやってや」

慶応元年(一八六五)の第二次長州征伐においては、幕府は『泉屋』に対して、千二百五十両もの献金を求めた。その上、松山藩にも別子銅山が直に、二百二十両も拠

出した。それだけではない。幕府は別子への安値買請米八千三百石のうち三割を削減し、さらに御用銅が廃止になったと同時に、安値買請米も取りやめた。
——おまえらは死ね。
と幕府は、天領の領民を見放したも同然である。
この危機に対して、住友家十二代当主の友親を筆頭に、『泉屋』本店支配人の今沢卯兵衛と別子銅山支配人の広瀬義右衛門が、事態の収拾のために大坂本店から松山藩、西条藩、川之江代官所などを駆けずり廻った。
「五千人の人命、孤身に聚まる
風雪何ぞ辞さん、万苦の辛
除夕未だ成らず、救荒の議
いたずらに宿志を懐きて、新春に向う」
との思いで踏ん張ったのである。その義右衛門の尽力で、伊予の幕領の六千石に限って払い下げられたものの、結局は米の価格は上がるから、鉱夫たちの暮らしは厳しくなっていた。
「本当なら、暢気に芝居なんぞを観ているときじゃない。けど、一時だけでも夢の中に逃げたい気持ちもある。これくらいの楽しみ、なんで放っておけんのじゃ」

詰め寄られた代官所役人は、鉄次郎が来たお陰で、却って鉱夫たちから暴行されずに済んだと安堵した。

「わ、分かった……許せ……代官にも今日のことは報せずにおく」

この期に及んで恩着せがましく言うと、役人たちは逃げるように立ち去った。

しかし――この騒動が引き金となって〝飯米騒動〟が勃発することとなる。だが、このときはまだ、じっと辛抱我慢している鉄次郎たちであった。銅山の男は仕事柄、耐え忍ぶことが本道だったからである。

たった一日の興行で、花村雪之丞一座は銅山町を立ち去った。

円通寺を経て、日浦の方まで一座を見送ってきた大窪は、少しびくついていた正助に別れを告げた。すると、

「いや……昨夜の騒動は吃驚しましたわい……もしかしたら、俺のことばバレたのかと思ってね……」

と正助は照れ笑いをした。

「おまえとも、しばらく会えないかもしれぬが、またいつか……達者でな」

「あ、いや……」

「なんだ」

「それが……俺をしばらく匿うてくれませんかいのう。先生の寺子屋の掃除番でも用心棒でもやりますけん」

正助はバツが悪そうに言うと、その側に村娘がひとり、頬を赤らめて立った。大窪はすぐに察して、

「おい……まさか、おまえたち……」

「ええ。そういうことで」

「相変わらず手が早いのう、正助は……まあ、よかろう。教え子が危ない橋を渡るよりは、マシかもしれんからな」

大窪は身許引受人になって、銅山支配人や村名主に話をつけると請け負った。

旅芸人一座が大きな荷車を曳きながら、銅山川沿いの道を下っていく。

しばらく遠ざかると、その荷車に被せていた薦が動いて、若い娘が顔を出した。淋しそうにも笑っているようにも見える。

――おや……。

と大窪は思ったが、遠目であるし、その時は特に気にしていなかった。

だが、帰り道々、しだいに胸騒ぎがしてきたが、それは夜になって適中したと分かった。なんと、鉄次郎の娘・お類がいなくなっていたのである。しかも、

『花村雪之丞の一座の人たちと旅に出ます。これが私の夢だったのです。必ず帰ってきます。どうか心配しないで下さい』

という書き置きが、鉄次郎の家の神棚に残されていたのだ。

鉄次郎には娘と息子がひとりずついる。弟の弦太郎は、すでに掘子として働いているが、姉の方も砕女として仕事はしていた。だが、生まれつきあまり体は強くなく、いつもぼんやりしていることが多かった。

「一体、誰に似たんじゃろうのう。先祖代々、働き者ばかりじゃったとのことだが」

そんなふうに鉄次郎も案じていたが、決して親に逆らったり、派手な暮らしに憧れたりする娘ではなかった。第一、すぐ風邪気味になるし、特に冬場は中耳や喉を痛めるので、医者に診て貰ってばかりだった。

「――こりゃ、えらいことになったのう……」

銅山町の誰もが心配した。まだ、そう遠くへは行っていないはずだ。鉄次郎はすぐさま、追手をかけようとした。概ね金毘羅（こんぴら）街道沿いの村々を訪ねる。次の興行場所なども分かっているからである。

だが、正助はその必要はないと止めた。

「実は、頭領（かしら）……芝居がはねてから、娘さんのお類さんに相談されたのは、この俺だ……黙ってて申し訳ありません」

「なんだと!?」

怒りを覚えたのは、傍らで聞いていた大窪の方だった。思わず正助の胸ぐらを摑みそうになったが、鉄次郎の方が冷静に、

「訳を言ってくれんか……娘が旅芸人と一緒に行った理由を、おまえさん方に話したんだろう、〝大入道〟さんよ」

「小さい頃から、舞や踊りに憧れてたそうです。新居浜浦の口屋近くに来た芝居のを、観せたことがあるらしいそうじゃな」

「……ああ、とても喜んどった」

「それが忘れられなかったらしい。憧れを抑えることができず、密かに謡や舞、芝居の真似事をして、いつかは……と考えておったらしい。けど、体も強くはないし、お父っつぁんに話しても、絶対に許してくれないだろうと思ってたとか」

「…………」

「でも、安心して下さい。花村雪之丞という男は、ただの旅芸人じゃない。元は幕臣の息子で、百姓のために立ち上がったり、世直しを叫んでる人じゃ」

「だから、あんな芝居を……」

と誰かが口を挟んだが、鉄次郎は黙って正助の話を聞いていた。

「雪之丞の人柄は俺もよく知ってる。あの座員たちはみな、俺もそうじゃが……親兄弟と別れ別れになったり、住む村がなくなったり、仕事を失ったり……色々な苦労をしてきた人たちの集まりじゃ。みんな志の高い、ええ人ばかりじゃ。安心して下さい。娘さんは必ず、立派な女になって帰ってくるけん」

根拠のある話ではない。だが、鉄次郎には忸怩たるものがあったのか、

「——そうか……」

とだけ言って、しばらく黙然と目を閉じていた。そして、太い唇を開いて、

「一度だけ、儂に逆らったことがある。おっ母さんを探しに行くと言って、きかなんだ……儂は少々、我が儘だった女房に手を挙げたことがある。縁があって阿波の商家の娘を貰ったが、追い出してしもうた」

「そんなことが……」

「おっ母さんを探すために、旅芸人になりたいと話していたことがある。おっ母さんは芝居好きだったけん、人気の役者が来ると必ず観に来るに違いない……そしたら、また会えるかもしれんとな」

鉄次郎がそこまで言ったとき、数人の足音がして家の前がざわついた。

「頭領……鉄次郎さん……えらいこっちゃ。血の気の多いのが、山を下りるって騒ぎよる。止めちゃってくれんかね」

「山を下りる……」

鸚鵡(おうむ)返しに訊いた鉄次郎だが、その意味は十分に分かっていた。

四

「もう、これ以上、我慢できん！　儂らは断固、戦うぞ。おう！」

「そうじゃ、そうじゃ。松山藩や西条藩の役人がなんぼのもんじゃ。代官所がどうしたっちゅうんじゃ！　儂らの手で懲らしめてやろうじゃないか、のう！」

「おう。そうじゃ、そうじゃ。みんな、この命を賭けて、直談判じゃ！」

気勢を上げている若い衆が数人、屈強で大きな体で暴れている。酒に酔った勢いであるようだが、その周りにいる他の鉱夫たちは止めるどころか、むしろ煽っていた。

「相当酔っ払っとるようじゃのう。何を騒いどんのじゃ」

駆けつけてきた鉄次郎が、松明(たいまつ)に浮かぶ若い衆らの顔をひとりひとり睨み据えて、

「儂もおまえらの気持ちはよう分かるが、暴れたところで何も解決せんぞ」

と教え諭すように言った。

若い衆は鉄次郎の人柄をよく分かっている。自分たちの面倒も良く見てくれている。しかも、〝切上り長兵衛〟の末裔だということも知っているから、尊敬の念すら抱いていた。勘場に勤めている住友の家人ら幹部に不満があるわけでもない。ただ、他の銅山のように廃山や休山になることが不安で、悔しくて仕方がないのだ。

「我慢せえ。外患のご時世、御用銅はのうなったが、地売銅の銅価が上がれば、また採鉱が再開される。それまでの辛抱じゃ。手代らも無給で働いとるんぞ」

「けど、鉄次郎さん。なんで、御用銅をやめなあかんのです」

若い衆のひとりが責めるように訊くと、鉄次郎も無念そうに、

「儂も悔しい。けど、今やこの国は、もしかしたら余所の国と戦になるかもしれん。日本の銅が世界に出廻ってみい、異国に儲けさせるだけじゃ。これまでも金銀が遠い異国に流れ出たけん、余所の国が栄えたようなもんじゃ。じゃけん、異国には売らんのじゃ」

「難しい話はよう分からん。けど、俺らの暮らしはワヤじゃ。これから、どうなるんよ。女房子供を抱えとる奴もおるし、俺ら若いもんには仕事がないけん、これ以上、銅山にはおれん」

「そう言うな。もちっとの辛抱じゃ。広瀬さんが、きちんとしてくれるけん」

「いつまでよね……山を離れた稼人も多い。人の数は減って、飢饉のあった天保の昔に比べても、八百人近くも減ったんぞねッ」

これまで、三千人を割るということはなかった。それは元禄から続く銅山の町が、まだ沢山の鉱石があるにも拘わらず、衰退することを意味していた。

「座して死を待つことはせんけんね……まずは、買請米を減らされたら困るけん、松山藩預かり役所に直談判しようと思う。実質、米の値は七割も八割も高くなっては、どないにもならん……みんなは賛成しとる。鉄次郎さん、指揮を執ってくれんかいのう」

「…………」

「自分たちの暮らしのためだけじゃない。この銅山を枯らさんためじゃけん」

若い衆たちは鉄次郎に詰め寄った。だが、鉄次郎は首を振って、

「直訴は御法度だ。銅価のことや買請米のことは、『泉屋』や銅山支配人に任せといたらええ。儂らがやることは……」

「情けないのうや……頭領はもっと俺たちのことを考えてくれとると思うとった」

「もちろんじゃわい。ほじゃけん、軽挙はならんと言うとる」

「そうじゃない。近頃の鉄次郎さんは、偉いさんの顔色を窺ってばかりじゃ。俺たちにはそう見える……そんな性根やけん、娘さんにも愛想尽かされるんと違うんで?」

　お類が旅芸人一座と立ち去ったことを、若い衆たちは知っていた口振りだった。鉄次郎の胸に錐で突かれた痛みが走って、

「なんじゃ、おまえらッ。類が下山するのを手伝うたんじゃないやろな!」

と摑みかかった。若い衆は必死に鉄次郎の腕を振り解こうとしたが、力士のような馬鹿力には到底、敵わない。

　傍らで見ていた大窪が止めようとすると、先に正助が割って入った。

「仲間同士の喧嘩はいかん。鉄次郎さん、娘さんのことには俺にも責任があるから、何とかする。けど、話を聞いておったら、みんなの言うことの方が正しい」

「余所者が口出しをすな」

　半ばムキになっている鉄次郎に、若い衆と同じ年頃の正助はキッパリと言った。

「うんにゃ、口出しします。余所者じゃありませんけん。俺の母方は、この銅山の開坑に関わった田向家の出です。遠いご先祖様も、鉄次郎さんと同じように、金子備後守の三人の家臣じゃけん。あの銅山峰の地蔵じゃけん」

「…………」

「そうじゃろ、大窪先生。あんたのご先祖も川之江代官を務めた後藤覚右衛門……そうでしょ。だから、ここに来たんじゃろ」

「……………」

「金子備後守の〝三つ蜻蛉紋〟の誓いの話も、祖父様から聞いたことがある。危難が起こったときほど、あの家紋のように、ひとつにならんといかん……異国が攻めて来てるときに、内輪揉めしとるときじゃないぞね」

正助は睨みつける鉄次郎に怯むことなく、

「大窪先生もよう言うてたじゃないですか……実践躬行の範を垂れる――ええことばかり口にしても、実際に行わなかったら、何にもならんです。俺は、この銅山のためなら、若い衆と一緒に事を起こしますけん」

と言った。

「それくらいにしておけ、正助」

大窪は今にも食ってかかりそうな教え子の腕を摑んで、

「銅山の命運がかかってる大事なときと分かってるのなら、血気の勇を戒むることだ。他のみんなも、よいな」

優しく諭したつもりだが、事態が鎮静するどころか、その数日後には、取り返しのつかぬ状況になっていた。

稼人のうち、製錬を担当する床屋、薪炭を担当する木方ら百人余りが、梁山泊の英雄気取りで、松山藩に直訴すると下山を始めたのだ。それに呼応して、採鉱をする掘子ら鋪方の百三十人あまりも追随し、総勢二百数十人に膨らんでいた。

元禄の開坑以来、幕府支配の天領として代官の直接支配を受けていたが、享保六年（一七二一）から百四十数年間は、松山城主の久松氏預かりの天領である。

そのことは、誰もが承知している。だから、これまでも川之江代官に訴えるか、松山藩に訴えるか、鉱夫たちは喧々囂々（けんけんごうごう）の話し合いを続けていた。しかし、勘場元締めら幹部によって、懸命に引き止められていたのだ。が、とうとう、鉱夫頭の鉄次郎にすら気迫で迫った若い衆たちの情熱は、銅山全体をグラグラと動かしたのである。

群衆となった稼人たちは、銅山越えから一気に山を駆け下りた。

急な勾配で、九十九折りの山道沿いの国領川には狭い渓流もあれば、広く緩やかな淵もある。川漁師たちが何事が起きたのかと、徒党の群れを見上げていた。

途中には、立川銅山がある。その庄屋ら村三役は、鉱夫たちを狩り出して、別子銅山の者たちを押しとどめようとした。だが、逆に、立川銅山の鋪坑で働いている掘子たちも四十人ばかりが加担して、国領川沿いの山道を、さらに勢いを増して下っていった。

　庄屋たちは青ざめた。

「あかん……このままでは、お役人に捕らえられて、えらい目に遭う」

　村役人たちの心配をよそに、群衆は「そーりゃ、そーりゃ！」と、まるで祭りの掛け声のように喚き続けた。その雄叫びは、樹林で鬱蒼とした山の斜面に響き渡っている。

　麓まで下ると、角野村である。

　国領側の両岸に急に開けた田畑は、鎌倉の昔は荘園だった由緒ある所だ。その名残はないが、別子銅山を支える米や麦、菜の物などは豊富に作られている。もし、御用米が届かなくとも、別子銅山の人々が暮らしていける分くらいは、確保していた。他にも惣開なども『泉屋』が独自に開墾して、食糧補給に当たっていた。

「――だから、おまえたちが飢えることはないのや。頼むから、ここから先へは行かんといてくれ。このとおりや！」

　三百人に膨らんだ一団の前に立ちはだかり、土下座をしたのは――誰であろう広瀬義右衛門であった。

　鉱夫たちの騒動を聞きつけていた義右衛門は、押っ取り刀で、口屋から駆けてきたのだ。よほど急いで走ったのであろう、まだ息が荒く、汗はだくだくと流れていた。

何日もろくに寝ていないのか、顔色も悪い。

　その義右衛門の前に、鉄次郎が立った。

「支配人さん。そんな真似はやめて、顔を上げて下さい」

「頼む。このとおりだッ」

「広瀬様が、俺たちのことを思うてくれてることは百も承知です。けんど、このまま黙っとるわけにはいかんのです」

　鉄次郎は稼人たちの思いにほだされて、束ね役としての覚悟を決めていた。

「どいて下さい。後には引けんです」

「ならん。今なら、ただ山から下ってきただけ、物見遊山(ゆさん)にきただけで済む。直訴、強訴は御法度や。決して、お上は承知なさらん。万が一、おまえたちの要求を飲んだとしても、少なくとも首謀者は極刑……磔(はりつけ)だ」

　主殺しや親殺し、関所破りなど封建体制を揺るがす者は〝極悪人〟と称され、十字に架けられて縛られた上で、槍で突き殺されるのだ。もちろん、親兄弟、五人組などにも累(るい)が及ぶ。

「そんなことになってええのか。私は嫌だ。おまえたちが殺されるなんて、耐えられない。ここは、私の顔を立てて、どうか引き下がってくれ。要求はなんとかする」

「無駄ですわい、支配人……誰かが犠牲になるのは覚悟の上。みんなの顔をひとりひとり、見てやってくれ。腹を括っとるのじゃ」

「そこをなんとか……」

義右衛門は鉄次郎の傍らに、大窪の顔を見つけて、

「――先生、あなたまでが……！」

驚きを隠せない表情になって、やがて焦りに似た態度になった。

「せ、先生も止めて下さい。こんなのは、まともなことじゃない。気持ちは分かる。私にはよう分かる。でも、松山藩が話をまともに聞いてくれるわけがなかろうッ」

むろん、鉄次郎とて承知している。天領預かりの松山藩に訴えても駄目かもしれぬ。だから、同時に川之江代官にも訴える作戦を企んでいたのだ。

「それでも駄目ならば、川之江代官所を襲うまでです」

「お、襲う……?!」

物騒なことを言うなと義右衛門は声を強めたが、鉄次郎は冷静なまなざしで、

「そこまで追い詰められていることが、あなたには分からんのか」

と吐き捨てると、蹴倒してでも先へ行こうとした。

そのとき、大窪が「待て」と声をかけ、行く手の遠く先を指した。その横にいた正

助も、アッと目を凝らした。

数多くの松明が横並びになっている。まだ日は残っているが、幾つもの筵旗（むしろばた）が立っており、まるで一揆のような様相を呈していた。それを見て、鉄次郎は喜びの声を上げそうになったが、

「勘違いをするでない」

と大窪は言った。

「あれは、上泉川村の百姓衆じゃ。私たちに加担するのではない。むしろ、その先に行かさぬように、人の柵を作ってるのだろう」

「まさか……」

「上泉川村はこの角野村とは比べようもないほどの大百姓だ。しかも、角野村は代官支配だが、上泉川村は西条藩領だ。松山藩とも深い繋がりがある……お百姓衆は、幕府や藩を支えてる人々だからな。イザとなれば、謀反者や不忠義者を潰しにかかる」

「…………」

「新居浜浦の口屋に行くには、上泉川村を通って行かざるをえない。中村の方に向かっても、それぞれの村人らが必死に、行く手を阻むに違いあるまい。いずれも西条藩支配地だからな」

大窪は小松藩士だっただけに、説得力がある。

「それがなんじゃ……義はこっちにあるんじゃけん、怯むことはない」

「いや。銅山の者の方が、謀反人扱いされる……それに、日も暮れてきた。この先に行って、松山と川之江、二手に分かれれば、こっちの人数は半分。作戦を練り直した方がよかろう」

大窪は鉄次郎を説得にかかった。

瑞応寺の坂下には、自分の死んだ女房の実家がある。そこで腹ごしらえをして、勝負は明日に賭けようではないかと提案したのだ。

しかも、こっちは訴えるだけだから、手には玄翁ひとつ持っていない。それに比べて、百姓衆は鍬や鋤などを担いでいるのが、遠目にもハッキリ分かる。

「百姓衆は、銅山者に恨みはなかろう。だが、代官や藩主の命は絶対だろうから、大喧嘩になる。あえて、お上は、百姓衆と銅山者をぶつけようとしているのかもしれぬ。事の発端は米価のことゆえ、相手も、自分たちの暮らしを脅かされると考えても不思議ではあるまい。ここは自重せえ」

不満だらけの鉄次郎ら鉱夫たちであったが、たしかに腹が減っては戦ができぬ。大窪を信じて、一旦、『鷹田屋』に向かい、瑞応寺の和尚の勧めもあって、百人ほどは山上の境内で休憩を取ることとなった。

小さな茶店ゆえ、『鳶田屋』に残ったのは、鉄次郎ら幹部十人ばかり、他は数十人ずつ組頭が引き連れて、川之江方面と中村方面へと分かれた。瑞応寺からの手紙を持参して、同じ曹洞宗の真光寺などに、一夜の宿と飯を託されてのことだった。

だが、その夜のうちに――。

瑞応寺の門前には、代官所の鉄砲隊が訪れて取り囲み、真光寺の周辺には西条藩の鉄砲隊が来て、物々しい雰囲気になっていた。

――このまま大人しく帰山すれば、此度の一件はすべて不問に付す。あくまでも逆らうならば捕縛し、さらに抵抗する者は、この場にて処刑する。

と強硬手段に出てきたのだ。

騙し討ちにされた形になった稼人たちは、義右衛門と大窪が組んでのことではないかと疑った。実はそうではない。騒動を案じた口屋の勘場役人が早手廻しに、代官所と西条藩に報せていたのだ。

腸が煮えくり返った稼人たちだが、嘆願も聞き入れられることなく、撃ち殺されてしまっては元も子もない。義右衛門は、上泉川村と中村の庄屋らの立ち会いの下、文書にて要求を聞くことにした。

「なんや、結局は銅山内……『泉屋』さん内の揉め事やないですか。米の支給を削ってることが不満なんでしょうが」

「実は、それだけやおません」

鉄次郎が身を乗り出すと、庄屋たちはふんぞり返ったまま聞いている。

「米のことも食い扶持じゃけん大事やが、それ以上に困ってるのが、〝掘り倒れ〟のことじゃ……俺たちが一番、お上に訴え出たいのは、そっちじゃ」

庄屋たちには聞き慣れぬ〝掘り倒れ〟という言葉は、いまでいう塵肺のことである。およそ一刻（二時間）ごとの交代とはいえ、年がら年中、通気が悪い所で働いていると、細かな粉塵を吸って肺臓を痛める。

それだけではない。箱樋で水を汲み上げている水引人足も、皮膚や気管を痛めた。今でいう亜硫酸ガスの毒気が坑道内に蔓延していたからである。

「水は銅山川の方に流しておるが、阿波国から禁じられ、国領川は西条藩に禁じられ、山の中に捨てるしかないのや」

「そりゃ大変なことじゃな」

上泉川村の庄屋が面倒臭そうに言うと、

「このまま放っておいたら、いずれ地面に染みた毒水が流れて、米作りにも悪いことにもなりかねん。他人事じゃないぞね」

「えっ……」

　驚く庄屋たちに、鉄次郎は篤と話した。

　これまでも、義右衛門にはもとより、勘場役人らに、鉄次郎は訴えていた。だが、体のことよりも稼ぎが大事な者も多く、我慢を強いられていたのが実情だった。『泉屋』が善処しないのなら、幕府や藩に頼むしかないと思っていたのだ。

「――そういうことなら、話の仲介をしましょう」

　庄屋ふたりは承諾した。打ち壊し同然に米を奪われることの警戒が解けたからだ。そして、義右衛門に対しては、米価については穏便に済ませるよう進言した。

　義右衛門とて稼人たちを苦しめたいわけではない。だからこそ、私財を投げ打ってまで食糧の調達をしてきた。勘場の者たちも無償で働かせた。それでも改善しないのは、御用銅を売ることができないからだ。おまけに、『泉屋』本店が武家に貸し付けた金が、一文も返ってこないせいだ。

　歯嚙みしながら、義右衛門は、鉄次郎を見てから、庄屋たちに言った。

「分かりました……直ちに、大坂に地売銅の値を上げて貰うよう交渉に行きます。その申請が上手くいけば、給金も上げます」

「申請が上手くいけば……なんや支配人さんのくせに、それこそ他人事やなあ」

庄屋たちが呆(あき)れたように、顔を見合わせた。だが、義右衛門は感情を殺しながらも、ぐっと睨み返して、

「私は丁稚のときから、別子銅山に仕えてるんです。誰よりも銅山のことを思う気持ちは負けてません。必ず成功させます。米のことも、なんとかします」

「ほんとですな」

強く頷く義右衛門に、今度は鉄次郎が声をかけた。

「俺は構わんが……住友『泉屋』本店は、若い衆らも含めて、騒ぎを起こした稼人を咎めない。そう約束してくれますか」

「ああ。決して、そんなことはせえへん」

義右衛門は深々と頭を垂れた。住友の支配人である自分が、庄屋や役人にはともかく、稼人たちに頭を下げているのに苛立っていた。情けなかった。自分のみが哀れなのではない。

——なぜ、この銅を使えないのか。目の前に宝の山があるのに、なぜだ……。

という思いが強かったのである。

打ちひしがれた鉱夫たちは、帰り道々、独特の節廻しで、

「千畳の連山　秋色分かれ
無辺の陰霽　紛紜たるを看る
珠を飄す林滴は　雨中の雨
練を懸けし石泉は　雲裏の雲
青鮮の氈は清く　鹿跡を留め
紅楓の錦は暖かく　猿軍を集めん
往来　常に恐る　前程の険
覚えず　吟行して　日曛に至るを」

と吟じた。

近藤篤山の漢詩文である。久しぶりに故郷の別子に帰る篤山が、悪天候の中で道も険しいが、詩を吟じながらいくと元気が出たという心情を歌っている。

大窪が先導してのことだが、山頂はいつの間にか、茜色に染まっていた。

五

騒動はあっけないくらいに収まったが、それで銅山に活気が戻ったわけではない。

むしろ、事態は好転せず、稼人たちの不満が高まる一方だった。

――広瀬は嘘をついた。できもしないくせに、交渉できると言って、あの場の騒動を抑え込んだだけじゃ。

と逆恨みする者もおり、毒入りの饅頭を食べさせようとした不埒者まで出た。〝掘り倒れ〟のことについても、何ら善処がされなかったからである。

「おまえも毒を食らうてみいや。働く者の気持ちが分かるちゅうもんじゃ」

住友『泉屋』の人間と、雇われている稼人との間に深い溝どころか、取り返しのつかない不信感が広がるばかりであった。

しかも、この毒饅頭事件のせいで、義右衛門は〝飯米騒動〟の顚末を代官所に詳細に報せ、首謀者を捕縛するよう進言した。そのため、鉄次郎と若い衆ら七人が追われる身となった。若い衆三人は鉄次郎が逃がしてやったが、四人は代官所の牢に繋がれることとなったのである。

その影響で、銅山は三月もの閉山に追い込まれた。

義右衛門はさらに、銅山の者たちからは裏切り者扱いされた。もはや話し合いの余地はなかった。粉塵や毒素よりもどんよりとしたものが、銅山の山中に淀み続けた。

鉱夫頭の鉄次郎がいなくなったことが、大きな痛手だった。幸い大窪や正助は追捕されなかったものの、先祖がどうであれ、所詮は余所者である。鉄次郎の代わりにはなりようがなかった。

別子銅山最大の窮地の中で、突如、〝大政奉還〟が行われた。まさに、天地がひっくり返るできごとだった。銅山の中でも動揺が広がり、お先は真っ暗にしか思えなかった。

その直後には、正助のところに、

――坂本龍馬が、京の近江屋で何者かに暗殺された。

との報せが届いた。

土佐藩の郷士だった坂本龍馬は、脱藩後は亀山社中という貿易会社と政治結社を兼ね備えたような組織を作り、薩長同盟を結ばせたり、大政奉還のために多大な尽力をしてきた。だが、佐幕派からも攘夷派からも狙われるほどの異端児扱いをされていた。

それでも正助は、坂本龍馬や勝海舟、西郷隆盛、大久保利通のような連中が、必ず世の中を変えると信じていた。それゆえ、喪失感は大きかった。

坂本龍馬ひとりの死によって一気に、世の中のうねりが変わったのも事実だ。文字通り、幕府は倒壊し、翌年の慶応四年（一八六八）が開けた途端、鳥羽伏見の戦いが勃発。新政府は、十五代将軍・徳川慶喜を追討する勅許を得たため〝錦の御旗〟を掲げて、一気呵成に明治維新へと怒濤の流れが作られていったのである。

大窪が想像していたことが現実となったものの、ここ別子銅山は、土佐藩によって取り上げられることになった。伊予と讃岐も土佐藩が制圧したからである。

その上、大坂『泉屋』本店の長堀銅吹所と銅蔵までもが、薩摩藩によって取り押さえられ、別子銅山のみならず、何百年も続いてきた住友家そのものがなくなるかもしれぬという事態に陥っていた。まさに時代の激流に飲み込まれて、埋没する両替商などの商家は沢山あった。

――ここで溺れてなるものか……。

広瀬義右衛門はキリリと腹を括っていた。

渓流を泳ぐのは慣れている。新居浜浦の口屋から、別子銅山に向かう途中、戯れに川に入って泳ぐことがあった。

岩場から飛び込み、上流に向かって必死に泳ぐのである。水練は得意ではなかったが、力の限り手足を動かしていると、妙な心地よさが体中に広がってくる。やがて、冷たい水の中にいるとは思えないほど、体がポカポカしてくる。

どんなに泳いでも泳いでも、上流に行くことはできない。いつまで経っても、同じ岩場の下にいるのである。泳ぐのを止めた途端、すうっと体は川下に流され、元の岩場に戻るのは大変である。

義右衛門はまさに渓流の中に落とされ、必死に藻掻きながら泳いでいるも同じであった。手足を止めた途端、川下に流され、その先にある滝壺に落とされてしまう。

――ジタバタと泳ぎ続けるしかない。

そう覚悟をすると、義右衛門は住友の先人たちが幕府と戦って、天領でありながら別子銅山を手放さず、自らが営んできたことを改めて、胸に叩き込んでいた。今は、土佐藩の管理下にあるが、いずれ、新しい政府ができれば没収されるに違いない。そうなれば必ず、『泉屋』は潰れるであろう。

案の定、土佐藩は立川銅山の米蔵まで封印し、川之江代官所の権限を事実上、行使し始めたのである。

「なるほど。土佐の奴らの腹は読めた……新しい政府が出来たとしても、この別子銅山を掌中に収めておき、異国との交易をするようになったときに富を得るつもりやな」

と義右衛門は思っていた。そんな義右衛門に助言をしたのが、正助であった。

「ここは一番、敵陣に飛び込む一手ですよ。竹内綱のように」

「む？　どういうことや」

「川之江代官に成り代わって、別子銅山を支配する算段じゃろ。簡単に言えば、ドサクサに紛れて、銅山を奪い取ろうってことやけん、機先を制して、こっちの要望を叩きつけることが肝心じゃと思います」

「そのことは私も考えていた。後日、〝土佐藩〟川之江代官所から、川田という役人が来ることになっておるから、キチンと話をつけるつもりだ」

　すでに検分取締役が来ており、銅山付きの幕府地役人は謹慎させられている。世の情勢が変わると、かくもアッサリと権限が移るものだと、義右衛門は肌身で感じていた。ならば、幕府から新政府に乗り換えるのが、渓流で流されぬ術であろうと、考えている。

「川田というのは、川田元右衛門さんのことですかいのう」

　正助が訊くと、義右衛門はそうだと言った。途端、正助はニンマリと笑った。

「来るのを待つことは、ありません。こちらから、乗り込んでやりましょう」

　翌日――。

　川之江代官所に着いたのは、夜も遅くなってのことであった。まさに夜討ちである。

　川田元右衛門という土佐藩の役人は、まだ別子銅山を訪ねていないが、すでに江口楠三郎ら先発隊が来て、勘場を役宅として、ふんぞり返っていた。川田はそれに輪を掛けたような横柄な態度で、体つきもガッシリとしており、目つきも鋭かった。

当面、住友『泉屋』の銅山支配人の義右衛門に、実務は任せるが、近いうちに土佐藩が接収する段取りが決まっている——という姿勢であった。それゆえ、新居浜浦の口屋にも、

『土州少将当分御預リ銅山出張所』

という門札に掛け替えていたのである。

代官所には何度も来たことがある義右衛門だが、今宵ばかりはいささか興奮気味であった。まさに戦に来た心境だった。押しかけてきて面談を申し込む義右衛門に、渋り気味だった土佐藩士たちだったが、

「話によっては、すぐさま退散せねばなりませんので、宜しくお願い致します」

と執拗に頼み込んだ。

事と次第では、自分は『泉屋』の銅山支配を辞し、土佐藩の理不尽な横暴を天下に吹聴するという覚悟を見せたのである。住友家の名は重い。相手も只ならぬ気迫を感じたのであろう。ここで怯んでは〝いごっそう〟の名折れになると思ったのか、面談に応じた。

開口一番、義右衛門は、『土州少将当分御預リ銅山出張所』という看板を勝手に掲げたことに遺憾の意を表明をし、

「何の権限があって、別子銅山を土佐藩が差配してるのですか」

と、いきなり詰問調で迫った。

一瞬、気を取られた川田だが、何も答えず、廊下に控えている土佐藩の家来と義右衛門に同行した正助に目を移して、障子戸を閉めろという仕草をした。すぐに家来は察して、障子戸に手をかけた。

「無礼ではござらぬか？」

川田は物静かに返したが、義右衛門は気にする様子もなく、

「こっちこそ無礼を働かれた。突然、土佐藩預かりと言われても合点がいきませぬ」

「これは笑止……幕府は倒れ、今は薩長土肥の世の中。いずれ幕府に代わるものは作るが、暫定として我が土佐が預かるのが筋」

「その理由を訊いてます」

「幕府ではなくなった。その代わりとしか言いようがない」

どうでも動かぬとばかりに、川田は表情を強張（こわば）らせた。年は三十を過ぎたくらいであろう。義右衛門より数歳下であろうが、なかなか堂々として面構えはよい。しかし、

武士とは思えぬ。どこか土の香りがしているのだ。泥臭いとも言える。

それを見抜いたかのように、義右衛門はいきなり話題を変えて、

「私の生まれは近江で、代々、百姓をしておりました……」

父が百姓兼業の村医であり、叔父は京で漢学者をしていることなどを語った。自分が住友に奉公する経緯も簡単に話して、いかに別子銅山を大事にしているかを述べた。そして、この銅山が元禄三年に発見されてから、営々と百八十年もの間、『泉屋』が担ってきていたことを伝えた。

「――だから……？」

と川田はじっと義右衛門を見据えたまま、

「相手を値踏みしたいのでしょうかな。いかにも儂は百姓の出だ。あんたと同じ庄屋の出じゃが、それがなんね。もはや武士も町人も百姓もない世の中になる。同じ人と人、上も下もない」

「本当にそう思っておりますか」

「ああ。そのために儂らは戦うてきたのだ」

「だったら、幕府に成り代わって、強権を振るうことはやめて貰いたい」

義右衛門は声を強めてから、話を戻すと言って続けた。

「もう一度、訊きます。幕府に成り代わって、別子銅山を支配する権限はありますか」

「……ある」

「仮に、天領が土州の領になったとしても、別子銅山は『泉屋』のもの。経営する権利も『泉屋』にある。幕府が倒れて、新しい世の中になったとしても、この銅山は我が『泉屋』のものです」

「……………」

「それを踏みにじるということは、火事場泥棒に他なりますまい」

「聞き捨てならぬな、火事場泥棒とは……儂らは、新しい世の中にして、おまえたちの窮状を救ってやるのだぞ」

「救う……本当に救えますかな」

　その言葉を待ってたとばかりに、義右衛門は身を乗り出した。

「ならば、お願い申し上げましょう。別子銅山を営む『泉屋』には、御三卿を含め、大大名に貸し付けていた莫大な金があります。それを取り戻して下され。そして、元のように銅鉱を掘り出して、別子銅山五千人の命を救って下され。それが、できますかッ」

「…………」

「別子銅山は『泉屋』のものなんです。幕府のものだったという考えは間違いでございますから、引き続き『泉屋』が担いますれば、そうお心得下さい」

一方的に捲し立てた義右衛門を、川田はじっと見ていたが、頷くことはなかった。

「その『泉屋』本家が、土佐や薩摩に銅吹所や銅山を売り渡してもよいと言っておるそうな。ならば借金も帳消しで、住友家が存続できるであろうとな」

たしかに、本家ではそういう話が出ている。だが、銅山なくして何が住友家であろうか。本業が何かを忘れてはならない。

「魚を漁らずして漁師でなく、米を作らずして百姓でない。『泉屋』は銅を掘って、それを吹いてこその『泉屋』だ」

その信念で、義右衛門は当主や親戚縁者を集め、相手が誰であれ銅山を売り渡すことはならぬと、使用人でありながら宣言していた。これこそが、

――逆命利君、之を忠と謂う。

という住友の伝統であり、義右衛門自身の座右の銘であった。たとえ、主君の意に沿わぬことでも、間違っていることを正して言上する。それが結果的には主君のためにもなるということだ。

　別子銅山のことは、本家にすべて託されている旨を義右衛門は伝えた。

「私は銅山が誰の手になるかという小さなことを言うてるのではありません。これからの新しい世の中、国家のために別子銅山の存続は必要で、遅滞なく稼働させねば、大きな損失になると杞憂（きゆう）しとるんです」

「杞憂……」

「たしかに内憂外患が、薩長土肥によって治まりました。しかし、異国と戦うのはこれからではないですか。土州に一から、銅山経営ができるのならば、お譲りしましょう。それが、できますか」

「………」

「立川銅山ですら、色々な山師が手を出しては失敗してきて、今は別子銅山の支配下にあります。切れ目なく、遅れを取ることなく、別子銅山を稼行することで、私は新しい国家作りに尽力し、銅山に暮らす大勢の人々の暮らしを守る。それが、私の……いえ住友『泉屋』の使命なのです」

　義右衛門が大見得を切ると、川田は打たれたように見つめていたが、

「——夜は更けてきたが、酒でも一献、どうですかな」

と誘った。

「新しい国を思うおまえさんの気持ちはよく分かった。儂とて、土佐一国のことを考えて別子銅山を押さえたわけじゃない。答えは、私が別子銅山をこの目で視察してからでもよろしかろう」

そう言って僅かに微笑んだとき、障子戸がサッと開いて、大きな体の褌一丁の男が入ってきた。顔には〝ひょっとこ〟のような化粧をしており、大徳利を抱えている。

「アコリャコリャ……ステテコシャンシャン……土佐は善い国南を受けて薩摩颪がそよそよと……婆ば殺して塩して置いて倉の窓から幽霊が出るげな幽霊が出るげな、あああ出るげえな……あれあれ、おかしな事よなあ、ハリマヤハリマヤ……土佐の高知のハリマヤ橋で坊さん簪買いよった」

珍妙な節廻しで、踊りながら歌うのは、もちろん正助である。

その声と姿に、川田は俄に懐かしそうな顔になった。

「おまえさん、何処ぞで会うたかねえ」

「へえ……」

正助は正座をして、大きな体を丸くしてから、

「坂本さんと中岡さんにはお世話になりました……本当に残念なことです……で、竹内さんがエゲレス艦船に乗り込むのを、私も見ておりました。そんとき、川田さんも

湊におられて、へえ……」

「ああ……」

と言いつつも、川田はあまり、覚えている節はなかった。その様子を見ていた義右衛門は不思議そうに、

「知り合いかね」

「ええ。そりゃもう、川田元右衛門といえば、土佐で知らん人はおらんけん。一番の秀才じゃけんね。土佐の人には本当にお世話になりましたけん、別子銅山に行くときには、俺がこの背に負うていきますけん」

人懐っこい雰囲気でヨイショをして、川田の背中を揉み始める。

「ああ、あのときの……大きな体だけん、もしやとは思うとったが、旅芸人じゃなかったかねえ、たしか」

「はい。花村雪之丞一座で」

「そうか、そうか。あんただったか……」

俄に緊張が解けて、義右衛門も一緒に酒盛りとなった。

すぐ近くには金毘羅街道がある。その近くにはかつて、近藤篤山の私塾があって、その師である尾藤二洲の実家もあった。さすがに川田は学問にも秀でていたから、川

之江ゆかりの学者のことも知っており、義右衛門とも大いに話に花が咲いた。

何より理財に長けている義右衛門と川田だから、新しい国を作り、経済を成長させ、安定した世の中にする方策を一晩中語り合った。正助には難しい話だったが、義右衛門たちは、実に楽しそうに語り合い、肝胆相照らす仲になるのである。

この土佐の軽輩役人が、後に日銀総裁になる川田小一郎である。だが、このときの義右衛門は、そんな大それた人物になるとは思ってもいなかった。

川田は、改めて別子銅山を案内され、鋪方、吹方、木方、さらに幾つもの坑道の奥深くに入って、水揚げなども含めて、詳細に検分した。その上で、川田は別子銅山の実績や今後の見通しを考察し、

――『泉屋』が経営継続をするよう。

言上したのだ。そして、新政府の管轄から引き離し、土佐藩が銅山を支援する約束を遂行したのである。

その昔、永代稼行を実現した住友『泉屋』が、明治維新の激動にあってまた、義右衛門によって勝ち取ることができた。

別子銅山に新たな曙(あけぼの)が輝ける、まさに夜明け前の出来事でった。

異国の空に

一

明治七年（一八七四）初冬は異様に寒く、降った雪が高く積もって、東京や大阪の町中でもなかなか溶けることがなかった。未だに新しい首都である東京という名称がしっくりこず、大阪の「坂」を改めたことにも慣れずにいた。

江戸には二度、旅役者として足を運んで来たことはあるが、維新後の数年の変貌に、正助は仰天の連続だった。もっとも、新しい物好きゆえ、戸惑いよりもワクワクする気持ちが昂ぶって、見るものすべてが新鮮でならなかった。

「――いやあ、こりゃ驚天動地とは、このことですなあ、広瀬様……夢のようでした」

広瀬義右衛門の荷物持ちをしている正助の声は、ひっくり返っていた。無理もない。横浜から新橋まで、陸蒸気に乗ってきたからである。もちろん初めての経験である。横浜の桜木町から東京の汐留まで、わずか五十三分で結ぶのだから脅威の速さだ。松並木の流れる海岸線や埋め立て地に敷設された線路を、陸蒸気は突っ走ってきたのである。

維新後の政府は明治二年（一八六九）に、すぐさま国策として鉄道を敷くことを決定していた。幕末にペリーが汽車の模型を持ち込んだことにもよるが、遣米使節団や遣欧使節団が実際に見聞し、乗ってみて、その凄さを日本に伝えていたため、導入は早かった。

エドモンド・モレルという英国人が鉄道と電信の建築師長として就任し、施設を作ると同時に、工部省に属する学校で、工技生への指導にも当たった。政府は明治中期にかけて、外国の鉄道の技術者を二百七十人余り雇っているが、これは〝お雇い外国人〟の十分の一にも相当する。それほど、鉄道には力を入れていたということだ。

轟音のする汽車にガタゴトと揺られ、〝ステン所〟と呼ばれる洋風石造りの駅舎に降りたとき、目の前の広場には大勢の見物人が集まっていた。隣接して、鉄道工場もあった。にも拘わらず、近くの三十三間堀には、まだ古めかしい川船が往来しており、着物を腰に端折った船頭や人足の姿も多い。東京と江戸の新旧ふたつの町が入り混じっていたのである。

「黒牛だ。黒牛が到着したぞ」

子供たちは陸蒸気の煙を見上げながら、そう叫んでいる。機関車の姿が大きくて黒塗りだからであろう。料金が高いから、庶民にはまだまだ乗れる代物ではなかった。

新橋・横浜間の運賃は、上等で一円十二銭五厘、中等でその半分くらい、下等でも三十七銭五里もかかった。上等で往復すれば、米が一俵以上買える値段だ。一俵は、大人が一年間食べる量だから、それほど高価ということである。

「俺は、後ろに吹っ飛ばされると思うたですよ。広瀬様はデンと座って目を瞑り、東京湾を見ておらなんだですが、あの風景にはもう飽きたんですか」

「いや。速すぎて目が慣れん」

「あはは。そうですよね。景色が飛んでいきますものねえ……それにしても、維新からわずか数年の間に、こんなものまでが出来るんだから、西洋たらちゅうのは、恐るべしですなあ」

行く手の銀座通りには、ガス灯が並んでいた。煉瓦造りの建物が並び、馬車が走っている。洋風の景色は大阪や神戸、そして横浜の外国人居留地でも見たことがあるが、さすが帝都の中心だけあって、荘厳で輝かしく見えた。

「ねえ、広瀬様……こりゃ、びっくりたまげたことばかりですわい」

正助は同行している広瀬義右衛門を振り返った。

いや、広瀬はすでに明治二年（一八六九）には、義右衛門から宰平に名前を変えていた。

――物事すべてにおいて、公平に裁決し、判断する。

との思いからであった。

しかも、明治五年（一八七二）には、住友の老分末家という最高幹部のひとりとなり、別子銅山支配人の後見人も兼ねていた。

大政奉還直後、新政府から別子銅山が没収されそうだった危難を回避し、住友家が潰されぬよう尽力したことを評価されてのことだ。聖徳太子の時代から続いていると いう天王寺家ですら没落してしまい、江戸時代に栄えた大店も姿を消した中で、住友は名家として燦然と輝いていた。それはすべて広瀬宰平のお陰だと、住友家内では誰もが感謝していた。

感謝だけではない。これから五十年、百年の先を見据えての家業を継続し、新しい事業を展開することが期待されていた。そのため、維新後は、新居浜や別子銅山に留まることはなく、自ら外に飛び出していたのである。

殊に明治元年（一八六八）に、住友に籍を置きながら、銅座に代わる〝鉱山司〟という政府役人となったことが、広瀬の大きな転機となった。但馬の生野鉱山や伊豆金山などを含めて諸国を視察し、東京鉱山司出張所などの設置やその大意書の布達に尽力することで、新しい銅山のあり方を学んだのである。鉱山司になったのは、別子銅山のことで厳しい交渉を重ねた相手、土佐の川田元右衛門の勧めもあってのことだ。

生野鉱山では、〝お雇い外国人〟であるジャン・フランシスク・コワニエというフランス人との出会いが大きかった。〝お雇い外国人〟とは、政府が雇ったという意味であるが、民間から招聘されて、日本の近代化のために知識や技術、学術などを伝えた外国人は物凄い数に上っていた。

コワニエはフランスの鉱山学校を出た後、メキシコなど世界の鉱山を踏破し、幕末に資源調査の関係で薩摩藩に招かれていた。それが縁で、明治政府になってから官営鉱山経営の主任技師として、生野鉱山に来ていたのだ。

「いや、本当に驚いたわい。おまえの言う、びっくりたまげたの連続よ」

広瀬はステッキを振りながら、少し前を歩く正助に言った。

目下の者が先を歩くなどということが許される世の中になったのだ。しかし、広瀬も正助もそんなことは、ほとんど気にしていない。しかも、此度は、広瀬よりも東京築地の外国人居留地に詳しい正助が案内役だから、先導するのは当然である。

ほとんどが着物姿の町中にあって、ふたりとも珍奇な洋装である。黒いフロックコートに山高帽は西洋紳士の真似だが、体格の良いふたりは妙に似合っており、かなり着こなしていた。特に正助の方は大柄ゆえ、遠目なら異人にすら見える。

この姿も、コワニエに教わったものだったが、何よりも広瀬が心惹かれたのは、鉱山採掘に関する技術であった。

「元禄の昔から、今尚、鑿と鏨が頼りの採鉱では、文明開化の世の中なのに、鉱山だけが取り残されてるようなものや。実際、今の採掘量は年に四百二十トンほど。昔風に言えば……七十万斤だ。江戸時代ですら、千五百トン余りあったから、四分の一しかない」

広瀬が憂えたように言うと、正助は頷きながらも、

「でも、〝遠町深鋪〟がなんも改善されてないから、どうしようもないのでは。しかも、三角は実に勿体ないことに、掘り出すことができませんけん」

別子銅山には、〝三角の富鉱帯〟と呼ばれる大鉱脈があった。歓喜坑と歓東坑から五百メートルほどの地下に、別子では最も値打ちのある鉱石が、嘉永七年（一八五

四）の大地震で水没したままなのである。そこから湧き水を排出することさえできれば、眠っている良質の銅が採れることを広瀬はもちろん知っていた。

「そこから銅鉱を掘り出さずして、別子の山を支配してることにはならんぞ。私はな、正助……それを掘り出すためには、どんなことでもする。でなきゃ、新政府に売り渡さなかった意味があらへん」

　広瀬の夢溢れる声を聞きながら、正助もそのとおりだと納得していた。

「だが、今言ったとおり、別子銅山に限らず、日本の鉱山という鉱山には、未だに元禄の昔と変わらぬ採掘方法しかない。相も変わらず、廻切夫、横番、水引、負夫、手子らがモグラのように働くしかない。銅吹きの方は効率よい西洋技術を取り入れても、肝心の銅鉱が採れなければ儲けにはならんさかいな」

「そのために、コワニエちゅう奴から、黒色火薬を使えと教えられて、〝盛山棒〟ちゅう鉄棒を作ったんじゃないですか。それではあきまへんのか」

　明治四年（一八七一）から、〝盛山棒〟を使って、岩穴に差し込んで爆破倒壊させ、粉々になった鉱石を掻き出して選鉱していた。山が栄えるようにと、その名が付けられたという。たしかに〝盛山棒〟は効率がよいが、丁寧さや繊細さに欠けるため、せっかくの良質の銅が製錬される前に悪化することもある。鉱夫が石を見極めながら切り取る作業とは比べものにならないくらい、雑な鉱石となったのだ。

それでも、何とか大量の銅が欲しかった。すでに米国では年に一万トンもの銅鉱を掘り出しているから、このままでは別子銅山は国際競争に負けると、広瀬は危機感を抱いていたのである。

しかし、〝盛山棒〃は湿気に弱い。別子銅山のように冬期は雪に閉ざされ、夏は海風が吹き上げる所では、上手く使えなかった。それでも、別子銅山のみならず、上方以西の鉱山では、黒色火薬を使った発破によって、量産を高めていた。

銅鉱や物資を沢山、効率よく運搬するために、広瀬は明治五年（一八七二）に、小さな木製蒸気船を英国から、一万七千五百円で購入していた。五十四トンで、『白水丸（はくすいまる）』と名付け、すでに就航させている。〝白水〃とは繋げば『泉屋』の泉となる。

さらに、鉱石の運搬も人力では限界があるため、牛車（ぎゅうしゃ）を走らせる山道も確保した。来年の明治八年（一八七五）には使えるようにと、着々と工事は進んでいた。牛車とは、もちろん牛が曳く荷車のことである。

別子にとって最も肝心なのは、銅山自体の近代化である。採掘技術はもちろんのこと、製錬や排水を進化させ、経営体制も盤石なものにするためには、旧態依然としたやりかたでは、到底、西洋に敵わない。広瀬の頭の中には、

——西欧列国に勝つ。

という競争心しかない。でなければ、住友家が永代継続することも、別子銅山で働く人々の暮らしを潤すこともできないからだ。勝つといっても戦をするわけではない。それでも心の中では、異国が驚くほどの〝盛山〟にすることが目的であった。

そのためには、まずは近代技術にすぐれている異国に学ばなければならない。それゆえ、去年の暮れから、広瀬は住友の社員を伴って、十一月に来日したルイ・ラロックという鉱山技師と話を進めているのだ。銅の輸出先である『リリエンタール商会』が仲介してのことである。

ルイ・ラロックは、広瀬より八歳下で、日本でなら天保七年（一八三六）生まれだから、男盛りであった。すらりとした細身で、流れるような金髪と緑がかった瞳が印象的であった。つい昨日も、広瀬と正助は、ラロックが滞在中の横浜居留地で会ったばかりなのだが、まだ正式に契約をしていない。異国の地であるため、疾病や怪我をしたときの補償をどうするかで、話が纏まらないのだ。

「でも、広瀬様……ラロックたらの給料は月に六百円。広瀬様の十倍でしょうが。何の不服があるんです」

欲張るのも大概にせいと正助は言ったが、それでも住友本家に承知させたのは、広瀬がどうしても、継続的に使える西洋技術が欲しかったからである。

「なんでも、日本に来る前にパリで結婚し、子供も生まれたらしいのだ。万が一のことがあったらと、国元に残された妻子のことが心配なのであろう」

広瀬にはその気持ちはよく分かった。ふたりの妻に若くして先立たれてしまったが、息子がいる。まだ安定していない世の中だ。東奔西走している身に何が起こるか分からない。子を思う気持ちは同じであった。

そんなことを考えていた広瀬がつと足を止めた。

行く手には、十五間幅の広い馬車道がまっすぐ延び、その両側に煉瓦と石敷きの歩道が沿ってあり、桜や楓（かえで）などの並木が一直線に並んでいる。その大通りに面して、屋根のついた歩廊のある洋風建物が林立している。まさに異国に来たとしか思えない。馬車と人力車が行き交う賑やかな情景に、広瀬はしばらく打たれたように立っていた。

「ね、広瀬様。横浜に比べれば、やはり天下の中心だけあって、凄いでしょう」

まるで自分が作った町のように、正助は自慢げに言った。

「うむ……噂に違わず、大阪や神戸よりも洋化の進み具合は早いな」

「もっとも、これは明治五年の大火事があったからこそ、再開発ということで広い土地を利用できたとか」

和田倉門内の旧会津邸から出火して、銀座、京橋、築地一体が灰燼となってしまったのだ。その折、築地の居留地に隣接して、明治元年（一八六八）に建設されたばかりの築地ホテルも焼失した。日本の匠の技を集めて作った洋風建物で、その十五間もの高い鐘楼は、東京の西洋化の象徴でもあった。

帝都建設の出鼻を挫かれた大火から、たったの二年足らずで、災害の余韻などまったくなかったかのように、新都市が蘇っている。日本人は辛抱強く、過酷な運命を受け入れて、再び立ち上がる精神に優れているからであろう。別子銅山もそういう歴史だったと、広瀬は改めて感じ入っていた。

「ちゃんと見てますか？」

正助は広瀬の前に手を翳して振って、

「この通りの建物はジョージアン様式ちゅうらしいんですが、お洒落な町自体はウォールトンという鉱山技師が設計をしたらしいですよ。住友で雇うラロックも、パリ国立高等鉱業学校を出てから、チリなどの大学で教鞭を執ってた人らしいけん、新居浜や別子銅山もこんなお洒落な町にして貰いたいですねえ」

「ああ、そうだな……」

「帝都東京は、フランスのパリのように壮大華麗にする計画だと知ってますか？」

「いや……」

「凱旋門みたいなのを作って、皇城御所をルーブル宮殿に見立てて、隅田川はセーヌ川、築地本願寺をノートルダム寺院、浅草寺の五重塔はエッフェル塔……だとか」

「それはいい趣向だな」

「東京がパリなら、新居浜をマルセイユにしませんか」

「え……マルセイユ？」

「日本に来る前、マルセイユに滞在してたという、ラロックの話を聞いてて思うたんです。温暖な地中海にある、フランス一の港町で歴史もあるとか」

「………」

「新居浜ととても似てるじゃないですか。瀬戸内海の真ん中にあって、水軍の本拠地、大島もあって、古より海運は盛ん。豊臣秀吉軍にはえらい目に遭わされたけど、別子銅山のお陰で栄えてきた。これからの新しい時代、貿易も自由にできるんやから、東京がパリなら、マルセイユは新居浜や！」

妄想癖のある正助ではあるが、その発想は面白い。瀬戸内海航路の中継地点としてだけではなく、神戸や長崎に代わる海運の本拠地になることもできよう。

「そのためには広瀬様……新居浜にも居留地を作ったらどうでしょ。もちろん政府の許可がいりますが、ラロックを呼ぶのをキッカケにして、〝お雇い外国人〟をどんどん呼びましょうや。俺、けっこう青い目の色白の女、好っきゃねん」

「こらこら。目尻が下がっとるぞ。女の話はともかく、居留地を作るにもマルセイユのような港町にするにも、先立つものがいる。今日、わざわざ東京に来たのは、その算段をつけるためだ。おい、案内の方は大丈夫か、正助」

広瀬がからかうように言うと、正助は大きな荷物を強力（ごうりき）のように担ぎ上げて、まだ雪の残る銀座の並木道をドンドンと先へ進んだ。

二

明治元年（一八六八）に、天皇が入城したときには、〝江戸城〟から〝東京城〟と名称が変わったものの、人々は江戸城と呼んでいた。〝皇城〟から〝皇居〟に変わったのも、平和になって城の名が相応しくないと、政府の誰かが判断したのであろう。

しかし、西郷隆盛と勝海舟による〝江戸城無血開城〟のお陰で、外濠と内濠一帯が麹町区という政治の中心地になっているものの、まだまだ城らしい風景が残っている。井伊大老が襲われた桜田門、富士見櫓、乾櫓（いぬい）、巽櫓（たつみ）、本丸大手門、下乗橋、坂下門、蓮池堀、馬場先門などを仰ぐように眺めることができた。

一方、長州藩や佐賀藩など〝官軍〟の上屋敷があった所は、陸軍日比谷操練場になったせいか、殺風景な広場となっている。霞が関と呼ばれる福岡藩や広島藩の跡地には、官庁街が作られる予定で、地盤の固い永田町には参謀本部が設置される。

すでに明治五年（一八七二）には、江戸城の大手門に面した一帯は大手町の名称で、大蔵省、内務省、文部省、農商務省、陸軍軍馬局などの庁が整備されていた。殊に姫路藩上屋敷の後に作られた大蔵省は、隣接している内務省とともに、石造りの立派な洋館で、そこだけを見るとまるで異国であった。

その官庁の前には、黒塗りの馬車や人力車がずらりと並び、これまた黒い衣装を纏った御者や車曳きがキチンとした姿勢で待機していた。政府高官の公用のためである。

内務省の二階奥にある内務卿執務室では、大久保利通が大きな机の前に座っており、その前に伊藤博文が控えていた。

すらりとした穏やかな風貌の大久保に対して、伊藤はまだ幕末の志士の名残のある顔つきだった。三十三歳にして参議となり、工部卿の任に当たっているからか、国家の近代化を一身に背負っている闘志が漲（みなぎ）っていた。

「呼びつけて悪かったな」

葉巻を吸いながら労うように声をかける大久保に、伊藤は直立不動のまま、

「今日は何用でございましょうか。また江藤新平さんのことかと思いました。すでに追手をかけているのに、まだ何か……」

「追手をかけるとは、君らしい物騒な言い草だな」

「申し訳ありません。ですが、江藤さんは元々、大久保様とは最も気が通じ、〝富強のもとは国民の安堵にあり〟という同じ考えでありました。西郷隆盛様とも肝胆相照らす仲でありましたのに、袂を分かってしまわれた。今でも私は、残念至極であります」

実直に語る伊藤だが、大久保の顔色を窺っているのは分かる。ふうっと葉巻の煙を吹き出してから、

「西郷どんとは幼馴染みだからな、できれば話し合いで仲を改善したいし、政府に入って貰いたい。だが、幾ら気心が知れていても、国家観が違えば敵味方になるのは仕方がない。感情は飲み込んで、事に当たらねばなるまい」

と大久保は言った。昨年の〝明治六年の変〟のことを意味しているのだ。

征韓論政変とも呼ばれるように、征韓論の是非を巡って政府幹部が対立し、西郷隆盛が唱える使節派遣に賛同していた者たちが追放されたのだ。参議である板垣退助、

後藤象二郎、江藤新平、大隈重信、副島種臣らが辞職すると、官僚や軍人六百人余りも追随した。まさに国家動乱の火種を残してしまった。

事実、江藤新平には、下野した途端、新政府に不満を抱く元武士たちを集めて挙兵する動きがあった。放置していては再び内戦になりかねない。沈黙を保っている西郷隆盛も不気味である。武力による制圧は大久保利通の得意ではなく、むしろ避けたい考えであった。が、内務卿としては、国家の安寧秩序のために、〝反乱軍〟を制御せねばならない。

西郷隆盛や江藤新平の思想は、市民平等を実現するための国法会議や法治国家を徹底する司法制度を整えることにあった。大久保とて同じ考えである。だが、方法が違ったのであって、決して権力闘争ではない。

「今日は、そのような話ではないのだ……実は、住友の広瀬宰平さんが来るらしい。別子銅山の支配人のな」

「広瀬さん……」

「私はすでに、川田小一郎君からの紹介で面識があるが、工部卿の伊藤君を紹介して欲しいとのことだ」

川田小一郎とは、川之江代官所で広瀬と別子銅山のことで渡り合った、土佐藩士の川田元右衛門のことである。それ以来、広瀬とは昵懇になっていたのだ。藩営の海運会社『九十九商会』を民営化する折に、川田は理財に長けているゆえ、主幹として岩崎弥太郎を支えた。それを機に、新政府の幹部とも関係を持つようになっていたのである。

岩崎弥太郎は、三井・住友とともに日本の三大財閥と呼ばれる三菱を築いた人物として知られている。三井と住友が何百年もの旧家であるのに比べて三菱は新興だが、『九十九商会』を『三菱商会』に改称し、その豪腕で政商として、今後は躍進していくのである。

「私を、広瀬さんにですか……」

訝しげに聞き返した伊藤に、大久保は当然のように頷いて、

「これから殖産興業をなし、富国強兵を目ざすならば、いつまでも異国の商人に頼っていてはならぬ。グラバーなどもそうだが、軍艦や武器弾薬、商船などでも、こっちの足下を見て、すこぶる高く売りつけてくる。富の流出は極力、避けたいのだ」

トーマス・ブレーク・グラバーのことである。スコットランド出身の茶や生糸を扱う貿易商だったが、幕末の混乱時には武器商人に変貌した。しかし維新後は近代化に対応するかのように、大浦海岸に蒸気機関車を走らせたり、長崎に造船所を作ったり

した。その汽車や船を動かす燃料のため、長崎高島炭坑の経営にまで手を広げ、日本の近代化には欠かせぬ異人であった。

「はい、外国商人ばかりに儲けさせたくはありません。しかし、まだまだ技術は及ばず、国力が足りませぬ。いきなり儲けることを考えては逆に足を掬われるかと」

「そのとおりだ。だからこそ、三井や住友、三菱のような商人たちに活躍して貰わねばなるまい。私もおまえも、政治に関しては蘊蓄があるが、算盤勘定は今ひとつだからな」

「いいえ。私は結構、利に聡うございますよ、閣下」

年上の大久保に対して、直立不動でありながらも冗談を言えるのは、明治四年の十一月から明治六年九月までの〝岩倉使節団〟で同行し、条約改正のためにともに苦労した仲だからである。いずれ西洋並みの憲法を作り、国民から議員を募るという新しい国家像を描いているのも同様だった。

富国強兵のためには、住友の別子銅山が必要であることは、ふたりとも重々、承知していた。しかも、新政府の没収を拒み、私営を貫き通した胆力と先見の明を、大久保は大いに見込んでいた。

「広瀬さんは、いずれ鉱山鉄道を作ることも考えているらしく、鉱山頭であり、鉄道頭（どうのかみ）である井上勝（まさる）と引き合わせるのが一番であろう」

　大久保がそう勧めると、伊藤は快諾した。井上とは幕末に、井上馨（かおる）ら長州出身者五人でロンドンに留学した同志である。気心も人柄も熟知している。井上勝は後に鉄道庁長官となり、二十年の長きにわたって、日本の鉄道行政の指揮を執った人物だ。

　〝住友中興の元勲〟と称された広瀬宰平が、別子銅山の近代化を成し遂げ、繁栄させるためには、銅山で働く人々が暮らすのに必要な物資輸送が喫緊の課題であった。もはや、毎日毎日、数百人の仲持が行列を作って、山道を歩く時代ではない。発破で大量に削岩した銅鉱を運び出すのも同様である。

「しかし、広瀬さんは、鉄道にはあまり重きを置いてないと仄聞（そくぶん）しておりますが……我が国は海に囲まれているから、蒸気船を増やすべきではないかと」

「うむ。三年前に、広瀬さんは〝海運業新興建白書〟というのを出している。鉄道ばかりに力を注ぐ政府方針では、富国どころか日本の財力が衰えるとな」

　大久保は苦笑しながら、葉巻をくゆらし続けて、

「それも一理ある。西洋人の言うがままに多額の借金をしてまで鉄道を作るのは、身ぐるみ剝がされるも同然。百年の計を謀（はか）れば、まずは蒸気船によるべし、とな……だからこそ、白水丸を購入し、この後も住友が自ら海運に乗り出すつもりだろう」

この後、住友は回天丸や富丸、安寧丸、康安丸、九十九丸と次々と購入や造船を繰り返し、航路も大阪・神戸から四国、九州に留まらず、朝鮮にまで広げるのである。

「むろん船舶は絶対に必要だ。だから、幕末から国を挙げて造船もしている。しかし、沿岸の町々を繋ぐのは元より、山奥にも鉄道を延ばすことで、人や物が交流するのは国のためになる。私たちが西欧で見てきたとおり、鉄道は人の体中に巡る血管のごとく、大切なものになるのは間違いない。広瀬さんも、それに気づいたのであろう」

かく言う大久保は三菱を後押しし、伊藤は三井を応援した。そんな中で住友は、政府高官との微妙な距離を置いていた。

住友は後の大正時代になって、別子鉱業所支配人の鷲尾勘解治が『自彊舎』という私塾を作る。『自彊舎』は、三代総理事の鈴木馬左也が、易経から命名したものだが、自主・自立・自尊の精神が秘められている。時の政権におもねるような姿勢はまったくなく、むしろ時流を先導していた。

江戸時代においては、貨幣改鋳の折、銅の必要性を勘定奉行に説きながらも、別子銅山を決して幕府支配にはせず、明治維新においても官営を拒んだ。新政府は貨幣鋳造に際して、江戸の金座が焼失していたので、大阪長堀にある住友家の屋敷で鋳造した。

その後、明治三年（一八七〇）には、大阪天満に造幣寮が作られ、その翌年には東京の常盤橋内に紙幣寮が開かれたのだが、住友はかくも時の政府とは、貨幣の上で深い関わりがあった。それでも権力に縛られず、住友の家風を重んじていた。つまり、良い意味で〝商人根性〟に徹していたのである。

ちなみに、イギリス香港造幣局の造幣機械を、六万両もの大金で日本に売ったのは、グラバーである。実に抜け目がない。グラバーが幕末維新で活躍ができたのは、幕府と新政府を両天秤にかけたからであるが、そこは商人のしたたかさ。とはいえ、日本の政治家や商人たちにとっても、大きな利益になったからこそ、大久保や伊藤も交渉したのである。

三

この日——広瀬を『三井ハウス』に招いたのは、誰あろう渋沢栄一である。『三井ハウス』は、日本橋兜町の立派な海運橋側に、威風堂々と聳えている五階建ての和洋折衷の建築だ。両替商の三井組が、明治五年（一八七二）に完成させたものだが、そのまま政府に譲られて、第一国立銀行になった。

国立という名称だが、国立銀行条例に基づくという意味あいで、日本初の民間銀行である。この銀行条例は元々、渋沢栄一が大蔵官僚だった頃に起案したもので、両替商から銀行と呼ばれるように変わったのだ。

まるで城郭のような天守楼は観光名物になるほどで、唐破風つきの大屋根にも拘わらず、二階部分は洋風のバルコニーという奇天烈（きてれつ）な造りだった。焼失した築地ホテルの設計をした清水喜助（しみずきすけ）による建造である。日本の伝統技術をもって、日本の大工たちが西洋建築に臨んだものだ。そのため、誰も見たことのない、自由奔放な意匠が凝らされていた。

先刻、新橋ステン所近くにあった『蓬莱社』も奇抜な石造りだが、いずれも庶民が近づきがたい雰囲気を醸し出していた。この『蓬莱社』は後藤象二郎が作った日本最初の商社である。グラバーが所有している高島炭坑のものだから、異国情緒は当然であろうが、後に三菱が買収して第十五銀行になる。銀座の大通りの東西に、三井と三菱の双璧があったというのは、まさに新時代の象徴であろう。

広瀬と正助は、銀座通りから、江戸城大手門辺り、外国人居留地などをぐるりと巡って、『三井ハウス』の前に立った。思わず感嘆の声を上げて、正助は石塀に囲まれているその偉容を見上げていた。

「よう来なさった！」

門柱の鉄格子の中から、声をかけてきたのは渋沢栄一本人であった。実に懐かしそうに手を差しのべると、門番が扉を開け、広瀬と正助ふたりを招き入れた。

秘書役が荷物を預かると、まずは正助が深々と頭を下げて、

「ご無沙汰をしてます。いつぞや三岡八郎さんにお引き合わせ下さった村上正助でございます。お元気そうでなによりです」

三岡八郎とは、熊本藩士で儒者の横井小楠から財政学を学び、坂本龍馬とも交流のあった福井藩士だった。その秀逸さを買われ、幕末の四賢人のひとり、松平春嶽の側用人を務め、維新後は由利公正と名乗った。

新貨幣鋳造に関しては、新政府の参与であり会計事務局判事の立場で、薩摩藩士だった五代友厚らとともに、尽力をしていた。だが、そのつなぎのために発行した太政官札の政策に失敗し、辞職せざるを得なかったものの、明治四年（一八七一）には東京府知事になった人物である。今し方、広瀬たちが歩いてきた銀座の洋風煉瓦街を作ったのも由利公正だ。

正助は西洋式にと握手を求めて、右手を差し出したが、渋沢はまっすぐ広瀬の方へ向かっていき、しっかりと手を握りしめた。そして、改めて嬉しそうに笑みを浮かべ

て、

「お会いしたかったです、広瀬先生」

と素直に挨拶の言葉を述べた。

「先生はよしてくれたまえ、渋沢さん……」

広瀬も懐かしそうに手を握り返した。渋沢は広瀬よりも一廻りほど年下で、とても礼儀正しかった。それも慇懃(いんぎん)無礼ではなく、人を温かくする雰囲気があった。つい先頃まで、大蔵官僚をしていたような人物とは思えない。明治六年の政変の折、大久保利通や大蔵省入りを勧めた大隈重信と対立して退官していたのだ。

しかし直ちに、大蔵官僚の頃から進めていた『第一国立銀行』を作り、総監役を経て頭取に就任し、財務の手腕を遺憾なく発揮していた。新国家を動かすためには、資金こそが大事だと欧米見学した折に、真っ先に気づいていたのだ。伊藤博文も同じ考えであり、国立銀行創設に尽力し、貨幣制度や金融制度の導入を急いだのだった。

「あれれ……俺とも握手して下され」

肩すかしを食らった正助は、もう一度、手を差し伸べたが、渋沢は首を傾げて、

「君は誰だったかなあ」

「村上正助です。広瀬さんに、由利さんや五代さん、岩倉さんらをご紹介したのも、

実は私なんですよ……ですよね、広瀬様」

「そういうことにしておこう。こいつは、ちょっと調子がいいが、すぐ誰とでも親しくなり、人と人を結びつける才能に優れてるんだ。さすが元は旅芸人」

「旅芸人……？」

大柄な正助を見上げていて、渋沢はアッと目を輝かせた。

「ああ。もしかして、あの木偶の坊か……」

「木偶の坊じゃなくて、〝大入道〟でございます。ま、大して変わりませんが」

「そうか、そうか。『花村雪之丞』の芝居なら、先日も居留地で異人相手にやっていた。日本情緒があると大受けだったそうな」

正助は一瞬、鉄次郎の娘のことが脳裏に浮かんだ。元座員の話では、明治になってから "女優" として頑張っているらしい。国元には帰っていないが、今度、きちんと消息を尋ねてみたいと思った。

渋沢に案内されて、天守様と呼ばれている三井ハウス最上階の楼に登った。

東京の四方八方が見渡すことができ、青空に聳える富士山は絶景で、東京湾の遥か向こうには上総や下総の峰々が眺められる。荒川や隅田川も眼下に流れ、すぐ足下には新しく作られつつある石と煉瓦の町々が広がっている。まだまだ掘割や瓦屋根の家が沢山残っているものの、文明開化の鎚の音が響き渡っていた。

なにより人々に活気がある。渋沢は笑いながら、東京をパリにしたいと望んでいると夢を語っていた。まだ広瀬は欧米に行っていないが、パリ万博の話などを渋沢から聞いているうちに、日本でも万国博覧会を行いたいと感じるようになった。遣欧使節団がロンドン万博を視察した時の様子を、福沢諭吉の『西洋事情』で読んでいたからだ。五年後のパリ万博には、日本から初の出展を行ったものの、幕府、薩摩藩、鍋島藩などが別々に出展するという事情があった。去年のウィーン万博で初めて、「日本」が世界に発信したのだ。

だが、それよりも先に、国を栄えさせなければならない。やるべきことは無限にある。外国に負けない事業を興し、発展させ、富を蓄え、競争に勝ち、そして人々の暮らしを豊かにする。その理想に向かって、生きることが素晴らしいと、常々、渋沢は言っている。

「私よりずっと若いのに、本当に立派なものだ。やはり、欧米への視察旅行は大いに役に立ちましたでしょうからな」

広瀬が心から羨ましそうに言うと、渋沢は素直に頷いて、

「ええ。もう目から鱗ばかりです……そういえば、通訳をしてくれたのが、かのシー

ボルトの息子さんでしてな、日本のことを懐かしく思っているとよく話してたとか。住友の銅吹所で見た日本の技術や別子の高山植物にも触れてました」

「そうですか……それは嬉しい。実は、すぐそこに見える居留地に、シーボルトの娘、楠本イネさんが開業医をなさってるそうですな。折角だから、会ってみたい」

「こちらにいる間にご紹介しましょう」

有り難く頷きながら、さらに東京の町を見廻しながら、

「いや、実に素晴らしい……あなたの理想がひとつひとつ実現していきますな」

と広瀬が言うと、渋沢は首を振りながら、

「自分の理想にしたがって生きろと教えてくれたのは、広瀬さん、あなたです。そして、真の富とは道徳に基づくものでなければならない、ともね。でなければ、その事情は決して永くは続かないと」

「そう言われると照れ臭いが、本当にそう思っている。貧窮や病気、不潔に無知、怠惰……これらは、自由な世の中になっても解決できない。私は〝五悪〟と呼んでる」

「はい。それを良くするためには、社会保障と福祉をしっかりとやり、医療を整え、住宅を用意し、教育を施して、人々の雇用を確保しなければならない……そのために富を生み、その富を社会に還元する。それが企業家の使命だと、腹の底から考えてお

ります。だからこそ、楠本イネさんの病院も支えたい」

「ええ。別子銅山でも、そうしたいと奮闘中ですわい」

渋沢と広瀬はともに豪農の出で、ふたりとも親戚には著名な学者がいて、幼い頃から学問をよくしてきた。同じような匂いがしたのであろうか、肌合いも気心も通じ合っていた。それゆえ、渋沢は立場を超えて信頼し、尊敬をしていた。

「はい。大阪の五代友厚さんも、この渋沢同様、国力とは富の力だと考えています。これからも広瀬さんの知恵と手腕をお借りしたく存じますので、宜しくお願い致します」

五代友厚とは代々、身分の高い薩摩藩士の家に生まれながら、長崎海軍伝習所に派遣された折、幕臣の勝海舟や榎本武揚、寺島宗則らに出会って大いなる刺激を受けた。それに加えて、坂本龍馬、木戸孝允、高杉晋作、井上馨、伊藤博文などと若き日を長崎で過ごした。立場は違えど、国を思う熱き心の人々との出会いに、五代は鼓舞されたのだ。

さらにグラバーを通じて異国の貿易会社と関係を深め、上海に二度も渡航し、汽船や武器、紡績機械などの輸入にも力を入れていた。もちろん、広瀬とも昵懇で、後には一緒に大阪商法会議所、大阪株式取引所、大阪硫酸製造会社、関西貿易社、大阪精銅会社さらには、大阪商船株式会社などを設立している。

――東の渋沢栄一、西の五代友厚。

と謳われたが、そのふたりの腕をガッチリ繋いでいたのが、広瀬だったのだ。

「大阪の貨幣局で作られた金が広く流通し始めたので、今年の九月頃には、これまでの金貨銀貨の通用は禁止する手筈になっております」

渋沢のその話を聞いて、広瀬は政府の判断は正しいと思った。貨幣の統一をしない限り、異国との通商関係を安定して結ぶのは難しいし、貿易の決済で損をさせられるからだ。貨幣鋳造は国家の権威でもある。西欧諸国と戦う財政を築くためには、新貨幣の確立は当然のことであった。

「ですが、俺はまだ、新しい暦と〝円〟ちゅうのが慣れんですわい」

正助が照れ臭そうに言うと、住友が当初、貨幣鋳造に関わったこともあったからか、広瀬はあっさりと、

「そうか？　暦はたしかにまだ迷うが、円については、私はすぐに馴染んだがな。関東の金使い、上方の銀使いなんてオカシイ。同じ国なのに、違う勘定をせにゃならん方が、よっぽどややこしいやないか。為替なんかで、両替商を儲けさせただけや」

「まあ、そうかもしれませんが……」

「それに、私ら商人には徳川様の頃から、金のことは、〝円〟と表記してたからな、なんとのう腑(ふ)に落ちましたで」

貨幣の形から、両のことは円、分(ぶ)のことは方(ほう)と言っていたのだ。とまれ、二百数十年続いた、〝両・分・朱・文〟はなくなり、十進法による〝円〟が新貨幣となり、明治三年から始まった鋳造貨幣は、今年の明治七年までには〝円・銭(せん)・厘(りん)〟という単位が広まったのである。

淀川河畔に設けられた大阪造幣寮においては、伊藤博文が英国東洋銀行のロバートソンと覚え書きを交わし、実務や作業は外国人技術者が担うことになった。とはいえ、ほとんどが香港造幣局の人員だった。造幣機械に熟知しているからである。高い報酬を払って、日本人によらずに、この国の貨幣が作られることに忸怩たるものがあったが、仕方がないことだった。

とはいえ、新しい金が出来て、流通する。そのことで、国内の新事業は格段の速さで向上していくはずであった。銀行はそれまでの両替商とは違って、預金を集めて事業を興す者に貸す金融業である。この方式も日本では初めてであり、国立第一銀行自体が資本金三百万円の〝株式会社〟だった。大株主は、三井組と小野組という大両替商で、三万株のうち二万株を引き受けていた。他は一般公募で、渋沢も四百株を持っている。

　この国立第一銀行が、後のみずほ銀行である。五代出身の薩摩藩の士族たちも、同じ年の暮れに国立第五銀行を作っており、後の三井住友銀行であるから、この場に居合わせた三人の因縁とも言えよう。

　広瀬は借金の申し込みに来たのではない。いずれ、自らも銀行を立ち上げるつもりであるが、先立つものがなければ汽船ひとつ買えぬ。ましてや、別子銅山の近代化のためには大きな投資が必要である。事業を運営させるためには、渋沢が実践するような株式方式を学ぶ必要があった。

　しかし、当時はまだ銀行という名称すら、いかがわしい感じがしたし、株式を買って資本金を出すという発想も、一般の人々には理解できるものではなかった。そのため、銀行業務は必ずしも良い滑り出しではなかった。むしろ、資本金を減らすような事態にもなっていたのである。

　深刻な話をしていたところへ、「失礼します」と声があって、背筋の伸びたスラリと背の高い若者が入ってきた。垢抜けた男前で、どこか洋風の顔だちである。

　途端、正助がいつものように、名調子で声をかけた。

「これは弥吉さん。ご無沙汰ばかりで失礼ばしちょります」

へんてこな土佐訛りで言うと、相手はやはり渋沢同様に不思議そうに見て、

「はて。お目にかかったことがありましたでしょうか」

と丁寧な口調で返した。それでも正助は懐かしそうに手を握りながら、

「今や弥吉さんじゃのうて、井上勝様でございましたな、鉄道頭の……長州五傑と呼ばれるだけあって、若いのに貫禄が出てきましたなあ。俺なんか、相変わらずでかいだけで」

長州五傑とは、井上馨、遠藤謹助、山尾庸三、伊藤博文、井上勝のことで、後に〝長州ファイブ〟とも呼ばれた。文久年間のことだが、脱藩をしてまで、英国に密航した面々である。実は、藩主・毛利敬親の命令によるものだった。

ロンドン大学などで、それぞれが外交や造幣、工学や内閣議会などの勉学に勤しみ、井上勝は鉄道技術や鉱山技術を習得した。帰国後は、大蔵省に出仕していたが、昨年の〝明治六年の変〟の影響で、渋沢らと一緒に辞職したのだ。しかし、伊藤博文の計らいで復帰していた。

「ええと……どなたでしたでしょうか……」

井上が突き放すように言うと、正助は困惑しながらも、

「この体つきでも忘れましたか。あれは長崎で、五代さんらと……」

と懸命に身振り手振りで説明しようとした。すると、井上は急に吹き出して、

「冗談ですよ、〝大入道〟を忘れるものですか。でも、まさか住友の広瀬様と一緒とは少々、驚きましたがね」

旧交を温め合うように、その場が和んだが、この井上勝こそが、新橋・横浜間の鉄道敷設において陣頭指揮を執ったのだ。間もなく開通予定の神戸・大阪、そして大阪・京都、さらには京都・東京を結ぶ鉄道を計画し工事をする〝総大将〟であった。この後、実に四十年にもわたって鉄道行政に携わり、後世に〝鉄道の父〟と呼ばれた大人物である。

「大久保様と伊藤様に、じっくりと広瀬様の話を聞くようにと命じられましてね。なんでも、鉱山鉄道のことに興味を示されているとか……私にできることなら、何なりと言いつけて下さいませ」

「これは、ありがたい。鉄道頭が手を貸してくれれば、千人力ですな」

広瀬は深く感謝を述べたが、井上はもうひとつの事情も承知していた。

「ラロックのことも、大久保様から伺っております。昨年、横浜居留地に来ておりながら、色々とごねているとか」

さすがは、鉱山頭もしていただけあって、諸国の金山や銀山、銅山などの事情にも、

井上は精通していた。『蓬莱社』の後藤象二郎とも昵懇で、高島鉱山の買い受けも進んでいるとのことだ。

「ああ、そういえば正助さん。土佐の竹内さんも、後藤さんに誘われて『蓬莱社』に参入して高島鉱山を任されてる。今は長崎に行ってるはずだが、逆に色々と教えてあげて下さい。銅山と炭坑では方法も質も違うでしょうが、大いに学べると思います」

井上が目を輝かせながら言うと、正助も竹内のために宜しくと横から口を挟んだ。

広瀬は、おまえが偉そうに言うなと冗談めかしていったが、正助は至って真面目な顔で、

「広瀬様……俺を正式に雇ってくれんでしょうか。いや、住友の奉公人、いや社員としてではありません。広瀬さんや井上さんを見てたら、俺にももっと何か役に立てるのやないかと胸が熱うなってきたんです」

「まあ、いつまでも書生気分でもいかんだろうからな」

「では、まずは名前から変えて下さい。弥吉さんが勝になったように……それに、〝ジョースケ〟と呼ばれるのもなんとなくイヤなんですよ、はい……」

「ならば、〝ジョーメイ〟さんてのは、どうですかな、正しいに明治の明で、正明」

渋沢が横から口を挟んだが、

「――ああ、村上正明……なるほど、こりゃ、ええですねえ。貫禄もある。わはは」

　正助は素直に喜んだ。渋沢栄一に名付けられたことで箔が付くと、笑いながら胸を張った。みんな大して年が変わらないが、お互いを尊敬し合っていた。

　広瀬から見れば、十歳以上も年下の若造ばかりである。それが新しい知識や技術をもって、国家建設に人生をかけている。自分がもう少し若ければ、そして異国の空を見ることができていたら、もっと国のため住友のために力を発揮できるのにと羨んだ。

　だが、今為すべき事は、ラロックを招いて、銅山改革をすることに尽きる。目の前の一歩を踏み出さねば、高峰に登ることはできぬ。別子銅山を見つけるために、鬱蒼とした道なき道を歩いた先人に比べれば、自分は楽をしているようなものだと広瀬は思った。同時に、確固たる意思をもって、目の前の渋沢や井上ら若い人の知恵と力を信じていた。

　井上らが間に入って、ラロックが横浜の居留地から重い腰を上げたのは、それからすぐのことであった。ラロックからすれば、まだ見ぬ別子という異国の空を眺める旅立ちとなったのである。

四

別子銅山は三月になっても雪が溶けきらず、ラロックが神戸から着いた新居浜港ですら、粉雪が降っていた。

例年ならば、瀬戸内海は明るい水色で陽光が燦めき、四国山脈も青々と爽やかに聳えているはずだ。生憎（あいにく）の曇天模様が続いていたせいか、国領川も鼠色に見え、扇状地に広がる田畑や道路沿いの家屋も色褪せている。鬱陶（うっとう）しいくらいの風景に、

――とんでもない所に来てしまった……。

とラロックは思った。

パリの国立高等鉱業学校を卒業してからは、鉱山学者として大学で教鞭を執りながら、様々な鉱山に赴き、採掘技術から鉱山経営まで指導してきた。三十半ばの働き盛りだったが、妻子を残してまで東洋の小国に来たことに、少しばかりの不安を抱えていた。国の習慣や食事などが、肌に合わなかったからである。

広瀬は別子銅山の再生と発展のために、西洋技術を積極的に取り入れる覚悟で、ラロックを新居浜に連れてきた。前年には、すでに生野鉱山で師事したコワニエを別子

銅山に招いて、鉱石を処理する際の、硫酸の製造や湿式銅製法というのを教えて貰っている。コワニエは、五代友厚が見出した最初の〝お雇い外国人〟でもある。それゆえ、広瀬とも懇意にできたのだ。

ラロックには、コワニエから学んだ技術の実践を行って貰うのが目的だった。だが、横浜居留地で二ヶ月以上も話し合いが進まなかったのは、ラロックの給料だけの話ではない。仲介に入った『リリエンタール商会』から、別子銅山への資本参入を持ち出されていたからである。

渋沢は五代のように、広瀬も社会全体から資本を集め、設備投資に廻すことには賛成だ。が、グラバーのように西洋の会社が、日本で大きな権益を持つと、国が経済的に支配されるのではないかと警戒していたのである。

もちろん、西洋人は日本を先進国にするため、善意で投資することは広瀬は百も承知している。しかし、一旦、外国に〝おんぶに抱っこ〟と甘えてしまうと、「自主・自立・自尊」の住友精神も弱まってしまうかもしれない。広瀬はできるかぎり、自分たちの手で事業を成し遂げたいと考えていた。

新居浜港に降り立ったラロックは、口から顎にかけて生えている豊かな髭を撫でながら、深い溜息をついた。目の前の屏風のような白い山脈に圧倒されたのだ。

「――本当に、あの山の奥に銅山があるのかね……」

ラロックは通訳の塩野門之助を通じて、広瀬に言った。世界中の鉱山を歩いた経験豊かな学者にして、怯んでしまうほどの寒々しい光景だったからだ。

塩野門之助は松江藩の藩士の子として生まれ、藩校の修道館で、藩が招いたふたりのフランス人から仏語を学んだ。語学力を活かして、新政府の外務省へ勤めたが、ラロックの通訳のために住友に入社したのだ。いかにも真面目な実務家らしい、まだ二十歳の若者である。

「首を長くして、お待ちしておりました。私たちのために、この国のために、どうかどうか、お力添えを願います」

出迎えた住友友親は丁寧に挨拶をした。ラロックより六歳ほど若い友親だが、当主として最高の待遇を用意して、業務だけではなく、暮らしにも粗相のないようにと気配りをした。

広瀬邸の近くに屋敷を与えられたが、ほとんど別子銅山の山中で暮らした。その際は、常に広瀬も同行して起居を共にするほど、ラロックを大切に扱っていた。

まだ鉄道どころか、牛車道に着手すらしていない時代である。荷物などは仲持らが運んだが、雪の残る急峻な山道を徒歩で登るのは、屈強な異人の体軀にしても厳しいものであった。ましてや、ラロックは学者肌ゆえ、さほど健脚ではなく、持病の癪などども少し抱えており、体調の様子を見ながらの登山だった。

数日、新居浜港の口屋や広瀬の屋敷に滞在し、事業や町の様子を窺いながら、晴れた日を選んで、正助改め正明はラロックを別子銅山に案内した。もちろん、広瀬と塩野も一緒である。

文明開化の時代にあっても、まだ新居浜から別子銅山への行程は、江戸時代と変わらず、険しい山道を徒歩で行くしかない。毎日、数百人の仲持が、〝おいこ〟を背負って往復する姿も同じである。男が四十七キロで、女が三十一キロもの荷を運んでいると知ると、

「とんでもない重労働だ。こんなことで、よいのか」

とラロックは驚いた。これが元禄の時代から続いていると聞けば、尚更、未開の国だと思わざるを得なかった。

体調を考慮し、立川中宿に一泊して、明け方にゆっくりと山道を登っていると、妙な臭いがラロックの鼻を突いた。辺りには段々畑もあるし、家畜も飼っているようなので仕方のないことだが、どう嗅いでも糞尿の臭いであった。

すると、肥桶を担いだ人足と擦れ違った。タポタポと妙な音もする。

　思わず鼻を抓んだラロックは、

「なんだね、これは……まさか……」

「糞尿の桶です。銅山の町には、四千人ほどの人々が暮らしていますからね。農作物の肥やしとして、下の村々から買い取りにくるのです。多い日には百人余りの人足が往来しますよ」

　塩野の説明に、顔を顰めながらも頷くしかなかった。

「この先にある峰の地蔵近くには、〝肥の検番所〟があって、一荷物につき十銭を支払わなければなりません」

　暮らしの互助という意味では合理的であるが、先進国の人々から見れば、原始的な暮らしをしているものだと感じていた。

　さすがに銅山越えからの絶景には、ラロックも歓喜の声を発し、眼下に見える瀬戸内海の美しさに感動した。同時に南嶺に広がる狭隘な谷間に張りつくように建っている、銅山施設や長屋などを眺めて、「まさに宝の山がある」と声を漏らした。

　他の何処の鉱山にも負けぬ仕事ぶりや人々の暮らしを、長年の経験から、一瞬にして見抜いたのだ。

「さすが……秩序正しく働いているのは、日本人ならではだ……」

遠目に見ただけでも、ラロックの目には勤勉で篤実でありながら、合理的に仕事を進めている様子が分かったのだ。峠道から反対の斜面を下りながら、徐々に近づいてくる銅山町の情景をつぶさに観察した。坑道口や選鉱場、焼竈などの様子から、採掘場や水抜き作業なども秩序だって、丁寧に作業されていることが分かる。

「こんなことを言ってはなんだが……本当に驚いた。他の国々の人々と比べるわけではないが、日本の人たちは実に真面目に働いている……東京や他の町でもそうだが、毎朝、きちんと神棚にお参りし、みんなで一緒に食事をし、仕事に出かけ、日がな一日、一生懸命働く。その姿には感銘を受けた……そんな文明国が、遥か東の果てにあるとは、正直、信じられなかったのだ」

ラロックは誰にともなく言ったが、塩野はきちんと通訳して、広瀬や正明たちに報せた。その感想を聞いて、

「そんなの当たり前のことだがなあ」

と正明が言うと、何故かは分からぬが、ラロックは少し涙ぐみ、ありがとうと広瀬の手を握ってきた。未開の銅山だと思っていたのかもしれぬが、さらに調査をして、世界一の銅山にすると誓った。

「すでに世界一じゃと思うとるけどな。まあ、高い給料で雇ったんやから、キバって

ちょうだいな。ラロックの旦那」

洒落っ気を出して正明が言ったが、それは塩野は通訳しなかった。

この頃の別子は、歓喜坑などよりもさらに下の小足谷に中心地が移っていたが、繁華な町に整うのは、もう少し時代が下ってからだ。が、その萌芽は至る所にあった。銅山の全権を任されている採鉱課長の家屋兼事務所をはじめ、鉱夫たちの社宅、住友幹部や来賓を招く接待館や旅館、さらには百貨店や飲食店、病院に醸造所、さらには劇場までできるのである。

山で出迎えたのは、鉱山頭を務めている黒瀬鉄次郎と小学校の校長をしている大窪和吉、そして後に別子銅山の重任局理事になる大島供清（おおしまきょうせい）たちであった。

幕末の米飯騒動の煽りで、別子銅山の代官所に捕らえられたが、その後、維新となって解き放たれ、別子銅山に戻っていた。だが、もう年でもあるから、仕事はもっぱら息子の弦太郎に任せて、半分引退している。維新後は先祖の姓を頂いて、広瀬を助ける〝黒子〟に徹するから黒瀬と名乗っている。

大窪和吉は寺子屋同然の私塾から、新政府による義務教育令に対応して、小学校設立に尽力した。明治八年（一八七五）、銅山内の目出度（めった）町に、足谷小学校が出来てから、校長を務めたが、これまた今は、長男の伝次郎が大阪から帰ってきて教鞭を執っている。次男の大林は京都の誓願寺で出家していた。

　そして、大島供清は工部省の役人として生野鉱山に勤めていたのを、広瀬が是非にと誘って、住友へ入社させたのである。広瀬はけっこう役人を引っ張ってくる才覚に長けていた。人たらしの所以であろう。コワニエが去年、別子銅山に見学に来たのも、大島の協力が大きい。

　この大島が、広瀬を弾劾するのは、まだ二十年ほど後のことだが、この頃はまさに〝蜜月〟であり、別子銅山の未来に向けて、全身全霊を傾けていた。

　鉄次郎や大窪と再会した正明は、

「さすが、大窪先生の教育が行き届いている。泥団子を投げつけるようなガキどもは、いなくなってますなあ」

　と大笑いした。そして、懐かしそうに肩を抱き合うと、

　――また三人が揃ったな。

　とばかりに笑みを交わしあった。その昔、彼らの先祖が金子備後守を支えたように、今生では、広瀬を助けるという思いがお互いを結びつけていたのであろう。中でも、西洋技術の信望者である正明の意識は高く、ラロックの担当秘書のつもりで、銅山改革に貢献したいと思っていた。

ラロックは熱心に研究や調査を繰り返し、広瀬たちの期待以上の結果を出した。特に、『別子銅山目論見書』という近代化計画に関する論文は、別子銅山のみならず、どこの鉱山でも通じる普遍的なものであった。

別子銅山については、

――別子東延(とうえん)からの大斜坑を掘削すること。

――新居浜の港に近い惣開に、洋式製錬所を建設すること。

――別子銅山と新居浜港を結ぶ鉄道を敷設すること。

を基幹として、銅山を含めた新居浜全体を一大都市にしようと計画した。

「だったら、ラロックさんよ。俺が夢に抱いてる異人居留地を新居浜にも作れるということかな。長崎や神戸、横浜みたいに」

正明は心躍らせながら訊くと、ラロックは頷きながらも、

「それは国の決めることだし、いずれ多くの国々と交易するようになれば、居留地などはなくなり、当たり前のように何処にでも外国人が住めるようになるであろう」

「ああ。もし実現すりゃ、楽しいのになあ」

「新居浜には港はあるものの、もっと大型の船が接岸できる波止場が欲しいものだ。そうすれば工都としてだけではなく、正明がよく話しているようにマルセイユになる

かもしれない……私もマルセイユで別れた妻子の姿を思い出してしまった」

少し感傷的になったラロックを、周りの者たちは慰めたが、時折見せる憂鬱な表情には、剽軽者の正明であっても、なかなか近づきがたいものがあった。それは、生来の体の弱さが関係しているのかもしれない。

別子銅山に来る前に、ラロックはもっとマシな住まいだと期待していた。生野鉱山のコワニエは、瀟洒な白亜の洋館で、国元から連れてきていた夫人も満足するような贅沢な暮らしぶりだったからである。叶うことなら、ラロックも妻子を呼びたいと思っていたが、別子銅山の厳しい気候を鑑みると躊躇した。

粗末な家屋ではないが、訪ねてきた季節のせいもあったのであろう。雨が降るとさらに冷たさが増すから、

――ラップランドのような寒さだ。

とラロックは嘆いている。ラップランドとは北欧スウェーデンの不凍港がある地域のことであるが、温暖な四国にあって、千メートルを超える標高の地だから、体が痺れるほど寒かったのであろう。

そんな中での鉱夫たちの作業に感心しつつも、ラロックは繰り返し、近代化が難しい点を指摘していた。

「山が高過ぎて、冬場は雪が積もってしまう、この気候……急斜面という立地だから、採鉱や製錬の用地が十分に取れない……セメントや煉瓦という耐火性に優れた建築原料がない……ことなどだ」

だからこそ、早急に鉄道を敷きたいと広瀬も願っていたが、山肌を縫うような曲線だらけの山道とそのきつい勾配を考慮すると、敷設することは難しいとのことだった。平地にまっすぐ走らせるならともかく、複雑な地形では、西洋技術をもってしても一朝一夕にできることではない。

「なんとか、牛車道でも作れれば、運べる量は格段の違いになるのだが……」

牛車道は来年の明治八年（一八七五）から着工することになっているが、それで直ちに、新橋・横浜間を陸蒸気が走ったような、劇的な暮らしの変化はなかろうという見通しだった。事実、牛車道が完成するのは、明治十三年（一八八〇）まで待たなければならない。しかも、口屋から登道（のぼりみち）を経て、別子の目出度町までの二十八キロの道のりは、往復四日を要するものだ。

登道という地名は、別子銅山へ登り始める所の意味でついたが、後には新居浜一の繁華街になる。ゆえに、牛車道の歴史的な意味はあるのだが、当時としては閑散とした田畑を貫いて、屛風のように聳える山に向かう起点に過ぎなかった。

近代化には時がかかる。その一方で、資金と歳月をかけて成し遂げる意義は、十分にあった。別子銅山には、これまで広瀬も語っていたように鉱脈がまだまだあるからだ。ラロックは、世界一の銅山になると確信したからこそ、計画を進めたのである。だが、事業を続けながら利益を得なければ、企業としては困る。ラロックの試算では、銅山の七年分の利益に相当する六十七万円もの金がかかるという。

「その資金なら、『リリエンタール商会』が援助してもよい」

とラロックは勧めたが、やはり広瀬としては外国資本の参入には抵抗があった。安易に先進国の提案に従って、〝植民地化〟されることを恐れたのである。ラロックの提言もすべて信用するのではなく、慎重に検討しながら、これまでの別子銅山の鉱夫の技量などを考慮しつつ、すべて自社の人員によって実行したのである。

ラロックの契約は、およそ二年であったが、その間、体調を崩したり、眼病を患ったりして、神戸に帰ることも何度かあった。風土が体に合わないのであろう。それでも、再雇用をして欲しいと、ラロックは広瀬に頼んだ。しかし、広瀬の答えは、

——もうよい。延期はない。

であった。ラロックが優秀な学者であり技師であることは百も承知しているが、財務的に厳しいからであった。

「広瀬さん……そりゃ、あんまりじゃないですか。知恵を拝借するだけ拝借しておいて、後はこっちでやるからというのは。『別子銅山目論見書』は十万円の値打ちがあると、広瀬さんも言ってるではないですか」

側近中の側近として、大島が進言した。部下であっても正しい意見を述べるのが、住友の伝統だからである。だが、広瀬は頑なに拒んだ。正直言って、ラロックとは馬が合わなかったのかもしれぬ。

――大功ありて、一過なかりし人。

と住友を引退した後に、自著の『半生物語』でラロックを褒めているが、給料も高いし、暮らしぶりなどに対して文句が多かったのも確かだ。〝お雇い外国人〟の莫大な給料と、鉱夫たちの報酬に格差がありすぎて、不満が噴出することも恐れていた。外国人が珍しいからと、屋敷に石が飛んできたこともある。

「むろん、厚遇に余りあるものを、ラロックは教授してくれた。大事な助言も沢山してくれたが、私には少し……」

「少し何ですか、広瀬様」

高慢ちきな感じがしたと言いかけたが、その言葉は飲み込んだ。

「いや……何でもない。とにかく、異国人は助っ人に過ぎない。私たち日本人の手でやらねば、自立はできないと思う。鉄道にしても、船舶にしても、製鉄や紡績にしても、日本人は物まねをして、どんどん新しいものを作っていく。銅山とて同じだ。大金を払って得た知識を、私たちがどう使うか。それが肝心だと思う」

「正論です。でも、私はやはり冷たいと思います。ラロックが自分で帰るなら分かりますよ。でも、引き続き置いてくれと嘆願した。自分が計画した銅山の発展を、新居浜の町が開けていくのを、自分の目で見たかったのではないでしょうか」

「大事なのは採鉱、排水、運搬、製錬……こんなことは、ラロックに言われなくても、住友の知恵の中にもある」

「ですが、肝心なのは、その西洋の技術を知ることじゃないですか」

「十分、学んだ。後は、実践あるのみなんだ。一人歩きするためには、教授が終われば退散願うのは、当たり前のことだと思うがね」

広瀬が断言すると、大島は一瞬、不満げな顔になったが、

――これも別子銅山の自立を考えてのことであろう。

と納得した。

熱心に交渉して、横浜から四国山中まで連れてきた割には、あっさりと決別した。

もちろん、住友家の当主・友親と広瀬は丁重に慰労し、神戸港からフランスに帰国す

るラロックを見送った。その折、塩野と正明も同行していたが、やはり神戸は異人の居住地を広げたために、華やかな町になっていると感じていた。

正明も本当はラロックに残って欲しかった。新しい新居浜港を御代島に作る計画があるが、それに付随して居留地の許可を得られれば、外国人が逗留できる。長い間、鎖国をしていた日本が西洋文化で満たされ、近代的な町並みやホテルや教会、娯楽施設などが出現するに違いない。

そうなれば、住友が〝お雇い外国人〟を高い報酬で雇わなくても、文化交流の一環として異国の科学技術もしぜんに入ってくる。何より、別子銅山と港町がひとつとなって、観光地になることも期待していたのだ。

しかし、正明の夢は叶わなかった。広瀬は居留地の偉そうな外国人が、どうも好きになれなかったのだ。

世相もまだ明るいとは言えない。ラロックが帰国した翌年には、西南戦争が起こって西郷隆盛が憤死し、その翌年には、大久保利通が暗殺された。

世の中の一寸先は闇だ。

それゆえ、広瀬の企業活動の原点は、銅という家業であり、その近代化であった。同時に、不安定な新国家だからこそ、国益を一番に考える経営が大事だ。あくまでも基本は銅山。そこから、関連事業の多角化をめざしたのである。

すでに神戸には、銅売捌出張所を作っており、大阪富島町では倉庫業と金融業を始め、〝米飯騒動〟が二度と起こらないように、大阪島屋新田や恩貴島新田などを開いた。そして、今後は、京都や滋賀では製糸場を作り、大阪製銅、関西貿易社、大阪商船などを次々と設立して経営し、福岡県の炭坑も買収していく。まさに破竹の勢いであるが、すべて別子銅山の近代化のためであった。

だが、広瀬の壮大な企業計画を、正明は理解できていなかったのか、ラロックが別子銅山を去ってから感傷的な日々が続いた。

「広瀬様にはガッカリしました……」

思い出したように、正明は面と向かって、広瀬に言ってしまった。

「どうしてだ」

「俺はフランス語ができないから、ラロックとはうまく話せなかったけれど、あいつは新居浜に骨を埋めるつもりだったんです……もし港ができればラロック港とか、ラロック公園とか、そんなことを考えていたんだ」

「――冗談ではない」

外国人を顕彰することを否定はしないが、西洋風の町にすることは、広瀬はあまり考えていなかった。それはともかく、給料を上げてくれという要求もあった。だから、広瀬は拒否したのだ。

「どうして、そんなことを言ったか分かりますか」

「コワニエが八百円で、住まいも良かったからであろう」

「違います……ラロックの一人息子は、日本で言えば喘息のような病気なんです。どうしても大金が必要だったんです。だから、雇い続けて欲しかったんだと思います」

「――知っておる……」

広瀬はわずかに表情を曇らせたが、自分には直に、ラロックはそんな話はしたことがないと言った。

「だからこそ、すぐに塩野をフランスに送って、向こうで新たな知識を、たっぷりと詰め込んでこいと命じたのだ」

塩野は渡仏し、一度はラロックに師事している。つまり、広瀬はラロックを家族のもとに帰す配慮をしていたのだ。だが、後に塩野は、サンテチェンヌ鉱山学校に入って、本格的に技術を学び、実習も成し遂げる。住友で最初の〝留学生〟であった。

「ラロックには充分な手当てを支払ったはずだし、子供が病気なら尚更、側にいてやった方がよいのではないかな」

「……そうでしたか。それで、ラロックはよかったのでしょうか……いえ、おっしゃるとおり、たぶん、そうでしょうね」

正明は曖昧に頷いて、銅山を去った。また旅芸人になりたいというのが理由だったが、本心は分からない。ただ、別子銅山への情熱だけは消えていない。

鉄次郎と大窪にも報せないまま、いつの間にか、霧の中に消えるかのように、姿を消していたのである。

鉱山鉄道

一

明治二十二年（一八八九）の五月から、広瀬は三番目の妻の幸とともに欧米に旅行に出かけた。娘ほど年下であったが、夫唱婦随の範たる仲だった。幸は前妻たちと違って、近代的で活発な女性だったのが幸いして、還暦祝いの旅行が視察旅行となった。広瀬の頭の中には、別子銅山のことばかりがあったからだ。

サンフランシスコからシカゴ、フィラデルフィアやニューヨーク、イギリスに渡ってロンドンやマンチェスター、スコットランドのグラスゴー、さらにドーバー海峡を経てフランスのパリ、オランダのアムステルダム、ドイツのハンブルグ、ベルリンなどを大急ぎで巡ったが、広瀬も幸はまったくの疲れ知らず。むしろ、明日の日本を考えるよい起爆剤となった。

中でも、ロッキー山脈のコロラドセントラル鉱山で見た山岳鉄道には、

——これや！

と絶叫したほどであった。まるで別子銅山のような断崖絶壁の上の山肌に張りつくように、九十九曲がりに縫うように走る。しかも急勾配をものともせず、力強く走る蒸気機関車の姿に、広瀬は完全に痺れたのだ。

むろん、このような鉱山鉄道の導入は、牛車道を作る前から構想していた。しかし、〝お雇い外国人〟たちですら二の足を踏んだし、政府が外国人技師の排除策を進めたことで、コロラドセントラル鉱山のような技術に気づかなかったのだ。国内で技師を育てることは大切なことではあるが、広瀬は十年は遅れたと嘆いた。

事実、ラロックが去ってから、十五年も経っている。その間、牛車道を作り、物資輸送の効率化は進んだ。新居浜の口屋から、立川の中宿、石ヶ山丈、岩屋谷などを経て、別子の本鋪までの七里の道中を、近江産の女牛が数十台の牛車を曳く。そのギイコトンコトンと車の軋む音は別子名物にもなっていた。しかし、人力よりはマシだというだけで、劇的な変化が生じたわけではない。むしろ、仲持の仕事が減ったために苦情が出たこともある。

同様の話は、鉱夫たちの中からもあった。ほんの一部ではあるが、日本でピストン式削岩機が発破とともに使われたのは明治五年（一八七二）のことである。しかし、効率の良さゆえに、古い技術が捨てられ、腕のある鉱夫が仕事を失うという問題も起こる。近代化の裏では、働く者たちを失業させないための対策が、もちろん必要だったのだ。

しかし、別子銅山はもはや住友家だけが利益を得ればよいという話ではない。新たな国家を隆盛させるためには不可欠な、重要な〝興業〟だったのである。

折しも、この年の二月には、大日本帝国憲法が発布されており、各地で祝賀会が催されていた。この欽定憲法は、東アジアで初めての〝近代憲法〟であり、西欧に負けない立憲君主国家となった。来年には、衆議院議員総選挙が実施され、帝国議会が開かれる予定になっている。帰国後、広瀬は東京で国会議事堂などを見学しているが、政治体制が整えられていく間に、その国を支える経済基盤も盤石なものにしなくてはならぬという使命が、さらに沸き上がってきていた。

その時勢を乗りきるために、住友家内でも鉱山鉄道の敷設が、最も重要な懸案であると考えられていた。広瀬自身は、カナダの山岳鉄道を見たから、必ずや別子においても実用化できると信じており、熱心に社内の者たちにも説明をした。

大切な新事業を決定するのは、前の年にできたばかりの「重任局」が判断する。重任局理事には、大島供清がなっており、広瀬の計画を充分理解し、率先して実現しようと各方面に働きかけていた。

「どうだ、大島さん。資金の工面はできそうかね」

すでに十二年前に、総理代人として住友の経営トップになっていた広瀬だが、大島を引き抜いたのは自分であるし、尊敬もしていたので〝さん〟付けで呼んでいた。

「総理の考え方や事業計画には、住友内の者たちはみな賛成しております。長時間にわたる弁舌もさることながら、やはり半年にわたる海外視察の報告書には胸を打つものがあったからこそ、絶対にやらねばならぬ事業だと本家も幹部たちもみな納得したのでしょう」

「還暦祝いのつもりだったが、ゆっくり長年の汗を洗い流すどころか、目から鱗が落ちることばかりでしたわい」

「それも総理の気質でございましょうな。一万数千円の外遊費も無駄になるどころか、大いなる投資となったと財務の連中も大喜びでございます」

「そう言われると私も嬉しい。ラロックが残してくれた『別子銅山目論見書』に従って、こつこつと積み重ね、それが成し遂げられてきたからこそ、住友家内で鉱山鉄道の話が出ても現実味を帯びるのであろうな」

広瀬は自信に満ちた表情で、大島と頷き合った。

コワニエとラロックから提案のあった近代化事業への計画は、主に、「掘進」「採鉱」「輸送」「排水」「選鉱」「製錬」であった。新政府の産銅政策に応えるためには、洋式技術の導入は焦眉の急であり、広瀬は着実に進めてきていた。

採掘に関しては、黒色火薬が湿気に弱いとなると、明治十三年（一八八〇）からはダイナマイトを使用しており、坑道を拡大させ、車両による運搬を実用化した。だが、削岩機の導入は、斜坑という地形のせいもあって、明治二十四年（一八九一）まで待たねばならない。

提案の中で、最も重要である東延斜坑についてては、ラロックが去った翌年から実行しており、深さ五百二十六メートルの斜坑を作っていた。これは、一枚板の鉱床を縦に、串刺しのような形で繋ぎ、水平に掘削できるようにしたのだ。鉱石の運搬と排水が楽になって、江戸時代から続いていた〝切上り〟の技術はまさに過去のものになったのである。

明治九年（一八七六）に着工した牛車道は、明治十三年（一八八〇）に完成し、排水に関しては、小足谷疎流水道が明治十九年（一八八六）には竣工している。

そして、銅を売り物にするため製錬する事業は、コワニエの計画を基として、独自の改良を加えた。排煙を集めて硫酸を製造することと、貧鉱を熔解沈殿させてから銅を収集することだった。いわば廃物利用である。この技術によって、鉱毒の除去と銅の再収という一石二鳥の結果を出すことができた。

この製錬所が、惣開製錬所である。三千坪余りの塩田跡に、フランス留学した塩野門之助が技術長として設計して建設した。住友で初の洋式製錬所である。

同じ年に、山根生子山の山麓にドイツ式の湿式製錬所も操業開始された。生子山とは、戦国時代豊臣軍に攻められた金子備後守の軍勢が最後の抵抗をした所である。そこには、煉瓦作りの高い煙突が作られたので、誰ともなく〝えんとつ山〟と呼ぶようになった。

かように採掘量は増え、製錬される銅の量も急激に増えたのに、運搬輸送が追いつかないのが障害であることが、広瀬にとっても最大の悩みだった。

「来年は、別子銅山開坑二百年祭を執り行うが、そのときには、鉱山鉄道を作ることを発表したい。それまでに、綿密な計画や準備をしておかないとな……大島さん。これからも苦労をかけるかもしれんが、よろしく頼みますぞ。本当に、厄介ばかりかける」

「何をおっしゃいますやら。明治十七年から、この三、四年は本当にきつかったですな。幕末に別子銅山が身売りされかかったときも、大変だったと聞いてますが、それ以上の厳しさだったと思います」

「うむ。やるべきことは分かってるのだが、とにかく〝松方デフレ〟が難儀だった……銅の価格が下落してしまったからな」

西南戦争の戦費調達のために太政官札を乱発したことで、大規模なインフレが起こった。それを解決するために、大蔵卿となった松方正義が政府予算を縮小し、デフレ政策を取った影響で、米や農産物の価格も下がり、農民の貧窮を招いた。

その社会への影響は大きかったのだ。むろん別子銅山にあっても例外ではなく、六十キロあたり三十一円だった銅の値段が、十三円にまで暴落した。そのため純利益は落ち込んでしまった。それに追い討ちをかけるように、足尾銅山で新しい鉱脈が発掘された影響もあろう。

「本当に、明治十七年には、年に二千円も赤字になってしまい……それからの三、四年は本当に厳しかったですな。それにぐっと耐え、近代化の事業に一段落つけてから、海外へ出かけたのは、総理ならでは根性があったればこそです」

大島は持ち上げるように言ったが、他意はない。心から広瀬の研究心、判断力、実行力には感服していたのである。一介の官吏に過ぎなかった自分を引き立ててくれた恩人であるし、信頼しきっていた。

「総理が外遊に行っていた間に、銅の採掘量もまもなく二千トンに近づき、来年はそれを超えるでしょうな。数年後には、三千トン以上になると見積もっております」

「うむ。そのためには、鉱山鉄道を急がねばならぬな」

まずは鉄道を敷く用地の買収、測量、線路を作るための鉄工所作り、建設のための作業員の確保、機関車の購入や機関士や路線夫の手配から、資金繰りなどの計画を立てて、国や県から鉄道敷設許可を貰わねばならない。建設費用は土地の買収から、山岳地という難しい工事を勘案して弾き出しても、ざっと百五十万円。現代ならば数百億に及ぶ。

出願してから許可が出るのに一年以上かかる。確約があるわけではなくても、並行して土地買収や測量をしなければならない。万が一、許諾されなければ、すべてが水の泡である。運良く着工できたとしても、何か不可抗力な事態が起きたり、資金難で頓挫するかもしれない。まるで博奕のようなものだ。

「カナダより日本は地盤が弱いし、気候も違う。しかも複雑な地形だから、幾多の困難な状況が迫ってこよう。それを見極めねば、完成は遠くなる。失敗は許されないのだ」

広瀬は自分自身に発破をかけた。もし、失敗するようなことがあれば、増産した銅が無駄になりかねないし、大きな赤字だけが残ることになる。なんとしても成功させるためには、周到な準備と人材の確保が必要だ。

設計と技術担当は、後に箱根登山鉄道も作る工学士の小川東吾を中心に、工部大学校の土木科出身の精鋭が集まった。住友鉄道工事長兼主任技術者として、小川は自分の弟子も含めて、国内では前人未到の山岳鉄道に臨んだのだった。

小川は背が高く、洋風で知的な風貌で、常に仲間の中心にいるような人柄だった。厳しい現場であっても、決して声を荒げることはなく、優しいまなざしで見守っていた。

「先生。私たちが持ち得る技術のすべてを出し切って、別子銅山に貢献したいと思います。わくわくしてます」

技術者たちは、まだ青年の雰囲気の残っている小川を先生と呼び、一丸となって事業を成し遂げようと意気込んでいた。

工部大学校は、工学寮が明治四年（一八七一）に作った工学校が前身である。鉄道局が創設した工技生養成所とともに、鉄道敷設を目的に日本人教育を施してきた。工技生養成所は有能な人材を輩出し、〝お雇い外国人〟の代わりに活躍するようになったが、五年で閉鎖された。それを工部大学校が引き継ぐ形となり、土木の他に、機械、建築、電信、化学、冶金、鉱山、造船を学ぶことができた。

その後、工部省直轄から、さらに文部省所属となり、明治十九年（一八八六）に帝国大学ができると東京大学に併合され、工科大学となっていた。つまり、明治十年代前半には、日本人だけの鉄道技術者が養成される制度ができあがり、若い技師がどんどん世の中に排出されてきたのだ。

還暦を過ぎた広瀬にとっては、新事業に相応しく、頼もしい若者たちであった。

二

翌年、明治二十三年（一八九〇）の五月には、開坑二百年祭が盛大に執り行われた。五十年前の百五十年祭は、天保時代であったが、当時は火災や風水害が激しい上に、住友の財務状況も厳しく、華々しく祝える状況ではなかった。

それから五十年。まさしく、広瀬が別子銅山に奉公に上がってから、今日まで成し遂げてきた数々の事業が結実した祝いでもあった。新居浜では三日にわたり祝賀会が催され、住友家からは多大な寄付があり、近隣の村々にも救貧米が寄贈された。何百年も続く家風である福祉精神によるものである。

祝典には、愛媛県の勝間田稔知事をはじめ官民入り混じって大勢の来客が訪れ、催し物には近隣の人々が二万人余りも来て賑わった。この折、知事は、

「広瀬君がいなければ、住友銅山の今日の隆盛はないだろう」

と祝辞を述べた。その返答に、

「家長の吉左衛門と辛苦を共にしてきました。家長は忍耐強く、広瀬は微力ながら忠義に徹しただけでございます」

広瀬はこう答えたが、その言い草はまるで、経営は自分が専ら行い、住友家まで代表しているようにも聞こえた。むろん、広瀬にはそのつもりはない。だが、大島など、住友家を立てていた者からすれば、当主は何もしていないことへの皮肉にも感じられた。

十月には、大阪鰻谷の本家でも祝賀会が開かれる予定になっている。ここでは、大阪や近県の高等官、神戸在留の異人商人や豪商らが立錐の余地もないほど集まり、米国領事は、

「別子銅山のように二百年も長く持続した例は外国にはない。住友という名家もます

ます隆盛あらんことを」

と祝辞を述べた。沸き起こる拍手喝采に、住友の家人にとっても、別子銅山の鉱夫たちにとっても、そして広瀬にとっても万感溢れる思いであった。

二百年記念として、別子銅山の銅で作る楠木正成像が、宮内省へ献納されることとなった。住友家が東京美術学校の高村光雲らに依頼し、十年後に皇居前に設置された。広瀬は国を守るという正義の心を、この銅像に託したのである。

その一方で、鉱山鉄道敷設に向けての厳しい現実が待っていた。毎日のように会議が開かれ、現場の視察や技術の研究報告がなされたが、思った以上の進展がないことに、広瀬は時折、苛立ちを見せた。

「なにをぐずぐずしてるのだ、大島！　土地の買収なんぞ、さっさとやらんかッ」

当たり散らす相手は決まって大島供清に対してであった。小野たちに技師に対して、怒鳴ることなどできないからだ。大島は気心が知れている。この重任局理事という重役を叱りつけることによって、周りの者たちの士気を高めるという意味合いもあった。しかし、毎日のように続くと、大らかな大島とて陰々滅々としてくることもある。

「総理……お気持ちはよく分かりますが、一番苦しんでいるのは現場の連中です。鉄道敷設には時がかかります。ここまで来たのですから、もう少し鷹揚に待っていて下さい」

「遅いから遅いと言ってるのや。このままでは、足尾銅山に負けてしまうぞ」

足尾銅山も歴史は古い。発見されたのは、別子銅山よりも前の戦国時代、秀吉によって金子城が落城した頃にはもう、一部ではあるが稼行されており、慶長年間になって徳川幕府が本格的に採掘を始めた。別子銅山よりも多くの銅を産出していた時期もあるが、幕末には閉山状態だったのだ。

それが、明治十四年（一八八一）頃になって新たに有望な鉱脈が発見された上に、近代技術が重なって、あっという間に生産量が別子銅山に追いつけ追い越せの状況になったのである。広瀬は強力なライバルだと感じていたのかもしれぬが、大島から見れば単なる同業者に過ぎなかった。

「向こうの方が焦ってるんです。周辺の山林や渡良瀬川は、もう鉱毒に汚染され、会社も人々もとんでもない目に遭うてます。そういう面では、うちは疎流水道などでキチンと対処してきましたから、慌てることはありません」

「暢気なことを言うてるときと違うぞ。標高が千二百メートルを超える別子銅山はただでさえ地の利が悪い。だからこそ運搬技術を向上させねば、捨て置かれる」

「承知してます。ですが、ここはドンと構えていて下さい。若い連中が、寝る間も惜しんで頑張っておりますし、地元の人も土地の買収なんぞに、色々と掛け合ってくれてます」

元より用地買収が最も肝心である。これが纏まらなければ、一本たりとも線路を敷くことができないからだ。土地買収には値を吊り上げられたり、田畑の補償問題が発生したりと、数々の難儀が起こることは覚悟していた。それに加えて、

——鉄道とやらが通って、私らに何の利益があるのか。

という質問を浴びせられる。別子銅山の社員たちは、銅鉱を迅速に運ぶことで儲けが上がると地域貢献もでき、人々も鉄道が利用できて暮らしが変わるなどと説明した。だが、東京や大阪の町中なら有益かもしれないが、自分たちの暮らしと結びつけることは、なかなか理解できなかったのである。

日本の産業革命の中心は、紡績と鉄道、そして鉱山だった。広瀬はすでに明治二十年（一八八七）に、近江住友製糸場を作って海外輸出をしており、鉄道への思いもあった。華族を中心とした日本鉄道会社が成功したことで、ますます拍車がかかった。官営の東海道が開通してからは、東京と京都をわずか十一時間五十五分で走ることができるようになっていた。徒歩で十数日かかっていたことを考えれば驚異の速さである。

鉄道敷設法が制定されてからは、全国で鉄道誘致運動が盛んになった。しだいに民営の鉄道も増えていき、営業距離では官営を上廻り、この四国でも伊予鉄道と讃岐鉄道が開通していた。もはや暮らしの一部となっている人々もおり、〝鉄道熱〟は全国に広がっていた。新居浜港と別子銅山を結ぶ鉱山鉄道が出来ることは、珍しいことではあったが、すぐに当たり前の風景になるであろうと広瀬は考えていた。

にもかかわらず、新しい社会になるのを拒むような風潮に辟易(へきえき)としていたのだ。

「そんなことはありません。中萩村の田村久五郎さんは、地元の名士ですから、土橋の事務所では小川さんの補佐役として、ずっと地主たちと交渉してくれてます。ええ、そりゃ熱心に、頑固な地主さんたちを相手に、繰り返し繰り返し足を運んで……」

建設事務所は立川と土橋の二ヶ所にあり、それぞれが上部鉄道と下部鉄道敷設の本拠地として機能していた。

上部鉄道とは、石ヶ山丈(いしがさんじょう)から角石原(かどいしはら)を結ぶ五キロ半の鉄道で、下部鉄道とは、新居浜の惣開(そうびらき)から端出場(はでば)を結ぶ十キロ余りの鉄道である。つまり区間がふたつに分かれており、石ヶ山丈と端出場が〝索道(さくどう)〟、つまりロープウェイで結ばれていた。採掘した銅鉱は、端出場から製錬所のある惣開まで運ばれるのである。

この壮大な計画は、着工さえすれば二年程で完成する見通しを立てている。

「六十にして耳順う――と論語にもあります。若い人たちは全力で取り組んでますから、私たちは暖かく見守っていましょう」

「おまえさんも偉くなったものだな。私に説教するつもりかね」

「とんでもありません。私はただ……」

大島が返す言葉に窮すると、広瀬は横柄な顔つきになって、

「別子銅山をここまで大きくしてきたのは一体、誰だね。私は五代友厚さんらと大阪株式取引所や大阪商法会議所、関西貿易会社、大阪商船会社なども作ってきた」

「分かっております。関西財界の重鎮でございます」

「そんなことはどうでもよい。これらの事業はすべて別子銅山のためだッ。惣開や山根の製錬所や御代島の港湾、なんだって別子銅山のためだ。これから作る新居浜製鉄所だって、鉄鋼を外国に頼らないためだ。国だってまだ線路を輸入に頼ってる。それではダメなんだ。自分たちの手で……！」

他の政治家や財界人がそうであったように、広瀬も国産に拘った。

鉄道卿の井上勝が日本人だけの手による鉄道を作るのに腐心し、実行してきたのも、同じ精神であろう。だからこそ、この鉱山鉄道の完成は、単なる運搬手段ではなく、次の世代に伝える技術の集大成でもあると、広瀬は思っていたのだ。

広瀬が珍しく真っ赤な顔をして苛立ちを見せたので、大島はその意気込みを理解し、

「分かりました。一刻も早く着工し、一日も短い期間で竣工できるように、小川さんにも発破をかけておきます」

「――すまぬ……つい興奮してしまった」

素直に謝ってから、広瀬は続けた。

「私は正直、開坑二百年祭に浮かれる気分ではなかった。次の五十年、いや百年……子や孫、曾孫の代まで、別子銅山が稼行し、住友が繁栄させられるかどうか不安なのだ」

そこまで考えずともと、大島は思ったが黙って聞いていた。

「いや住友の繁栄ではない。この国の繁栄が気になるのだ。憲法を定めて一等国になり、国力を高めるのはよいが、政治家には二度と利用されとうない」

幕末の長州征伐の戦費拠出などが頭を過ぎったのであろうか、広瀬はこの国が富み栄えることによって、貧困を減らし、子供がよりよく教育されることを望んでいた。だからこそ、別子小学校の設立にも尽力してきたのだ。思い描いているのはやはり、平和で豊かな「住友王国」なのかもしれぬ。

とまれ、広瀬は鉱山鉄道を完成させることが、未来へのレールだと思っていた。

鉄道建設は測量から始めるが、機関車や貨物が通るレール敷設場だけがあればよいというわけではない。土地を売る方も、蛇のような細い一部分だけを買われても困る。その周辺のことも勘案しながら、まずは敷設ルート付近の地形を実測して、正確な平面図にする。

小野と技術者たちは、三角測量による平面図だけではなく、地形を立体的に把握するために高低測量をし、さらに遣方（やりかた）測量によって造成区画を明瞭にさせる。そのためには、敷設予定地を踏査することを繰り返し、地質や地形を詳細に調べ、それにあった建設資材の検討から、建設工事の難易度なども分類しなければならない。

その結果を受けて、さらに詳細な工事設計を打ち立て、予算を決めていくのだが、この時点で様々な弊害が起こる。予想と現実が食い違うことが多いからだ。そこを乗り越えることができれば、ルート上に一キロごとの水平標準点を作り、大工事になりそうな地点にはあらかじめ基準点を置いて、建造物を作る準備をするのだ。さらに実地路線に杭打ちなどをして、工事の過程が明瞭になってようやく、用地買収の決定となるのだった。

広瀬はこの段階を早くしろと命じていたのだが、小川たちの決死の努力によって、その年のうちには詳細な計画書が出来上がった。そしてようやく、鉄道運行業者である住友が、請負業者を選定して、土木作業をすることになる。

とはいえ、買収した土地の上にレールを敷けばよいというものではない。数メートル幅の路盤（ろばん）を作って、砂利を敷いて道床（どうしょう）とする。この道床は、幅が二メートル半程で、高さは五十センチが基本だが、日本の地盤は軟弱なので、念入りな工事が必要だ。

平野部は比較的容易に進められるが、水害などの影響を受けやすい山間部は、路肩を固めるところから始めなければならない。その上に枕木を並べて、レールを固定していく。さらに、渓谷を渡る鉄橋や隧道（ずいどう）も必要となろう。しかも、完成した後の保守管理も徹底して行えるような、厳格な態勢を作っておかねばならない。

工事中に削った山の土砂が落下し、国領川に堆積しては水流が困るから、それらを撤去する工事も大きな課題である。重機やトラックなどがない時代ゆえ、人海戦術で臨まねばならない。かような厳しい状況でありながら、東海道がわずか三年で開通することに成功していたのは、戦国時代から培われた築城術や土木技術が、江戸時代を通じて職人らに受け継がれていたお陰である。鉱夫頭を筆頭とした掘子集団が統制されて、銅を掘削してきたように、土木の技能集団はその力を明治になっても発揮したのだ。

こうして、明治二十二年（一八八九）の一月に出願していた鉱山鉄道が、ようやく着工できたのが明治二十四年（一八九一）の五月になってからであった。

この年、住友に新しい家法ができた。まるで、二年前の大日本帝国憲法発布に呼応したかのような、明治十五年（一八八二）以来の改訂であったが、この家法が広瀬を厄介な立場に追い込むことになるのである。

三

別子銅山内でも、鉱山鉄道の着工は大いに期待されていた。削岩機が導入されたため、短い時間で大量の採鉱ができるようになったからである。

銅山ではすでに伝説の人物になっている〝切上り長兵衛〟の直系・鉄次郎は数年前に亡くなっていた。だが、息子の弦太郎がしっかりと跡を継いで、三十過ぎでありながら、鉱夫頭として人望を集めていた。

若いから削岩機の使い方もすぐに覚え、鑿や鎚でしか腕を振るえない古株は、徐々に銅山から立ち去るしかなかった。むろん、銅山に残って、選鉱や運搬などの仕事に就く者たちもいた。鉱夫としての誇りが強い者に限って、銅山から出ていったが、他の鉱山でもすでに機械化は始まっているため、再雇用も難しかった。

しぜんと若い世代が流入してくることになって、活気に満ちてくるものの、良いことずくめではなかった。ダイナマイトと併用しているから効率は驚くほど上がったが、削岩機による弊害がすでに発生していた。ひとつは激しい振動による手足の痺れであり、もうひとつは粉塵を吸うことによって肺炎を患うことである。

もちろん住友は改善に努めていたが、急激な〝産業改革〟の裏で、体を痛める鉱夫たちがいた。それは銅山で働く者たちだけではなく、惣開や山根の製錬所から発する排煙によって、地域の人々に悪い影響も広がっていた。

明治二十年（一八八七）に完成し、その翌年から操業開始となった山根のドイツ式湿式製錬所では、収銅過程で生じる硫酸の抽出や製鉄の試験をしていた。その煙突が、生子山の上に設けられていたのだ。麓の角野あたりからは何処からでも見上げることができる煉瓦の煙突は、近代化の象徴でもあった。

高さが二十メートルもある煉瓦作りの四角い煙突で、頂上部は九十二センチ四方、重ねた煉瓦の厚さは四十五センチもある。そこからの排煙は、屛風のように切り立つ四国山脈からの山風の影響で、平野部に流れていく。海の近くにある惣開製錬所と複合するような形で、操業後直ちに煙害が広がっていった。亜硫酸ガスによって稲や農作物に、甚大な被害が出始めたのだ。

当時、足尾銅山の鉱毒事件が大問題になっていた。渡良瀬川での大洪水なども重なり、銅山から流れ出した鉱毒によって、川魚が死んだり、稲が枯れるという騒ぎが起こった。栃木出身の代議士・田中正造はその被害を調査した上で、帝国議会で質問を行ったりしたが、公害事件の加害者が誰かと決定することすらできず、被害だけが広がった。

田中正造は後に議員を辞して天皇に直訴までしたことで、日本中の社会問題となったものの、解決に至るのは昭和の戦後であり、現在でも影響が残っていると言われている。それほどの大問題の芽が、この別子銅山にもあるということを広瀬は見抜いており、直ちに対策を打ち立てていた。だが、後世に〝環境の父〟と呼ばれる伊庭貞剛（いばていごう）が、別子銅山支配人として赴任し、煙害問題の解決を始めるのは、明治二十七年まで待たねばならない。

そういう過酷な環境の中で、子供たちも育っていた。別子銅山の小足谷を中心に、町は広がっていたものの、幕末から比べても樹木はなくなり、禿げ山の中で人々が暮らしている様相を呈していた。ここでは煙害こそなかったが、急峻な斜面に建ち並んだ社宅は水害があれば脆く崩れるであろうし、子供らの遊び場すら確保するのが難しかった。

明治十九年（一八八六）に、広瀬の尽力で小足谷小学校が創立されていた。初めは民家を借りていたが、明治二十二年には新校舎が出来、これまでの尋常科に加えて高等科も創立された。萱葺き二階建ての木造の一棟であったが、子供たちはここで、読本、書き方、算術、地理、歴史、理科、体操、小学唱歌、修身などを学ぶことが出来た。

支配人はやはり工部省役人だった広瀬坦、副支配人は大島供清など三人。校長は森武次郎が務めており、教員は五人であった。この地で私塾を起こした大窪和吉は、すでに角野に下っており余生を過ごしていたが、息子の伝次郎が引き継ぐ形で、小学校の教員をしていた。

学ぶことに喜びを感じている姿を、伝次郎は毎日、楽しんでいた。子供たちは放っておいても勝手に育つものだ。花を育てる如く、土壌を肥やして、適量の水を与えるのが教師の務めだと思っていた。伝次郎の子供ふたりも、この学校で学んでいたが、色々なことを吸収しているのが嬉しかった。

「先生！　また鉄平君に頭突きをかまされましたあ！」

校庭から駆け寄ってくる小さな子供らが、顰め面で必死に訴える。中には泣きべそをかいているのもいた。学年はバラバラだが、三年生の鉄平に喧嘩をして勝てる上級生もいないのだ。

「なんだ情けないな。仕返しをしてやればいいじゃないか」

伝次郎がそう言うと、子供らはとんでもないと首を振りながら、

「そんなことをしたら、もっと酷い目に遭うから、先生、叱って下さい。鉄平はいつもすぐに殴ったり蹴ったりするんです」

「そりゃいかんな……」

困ったように伝次郎が校庭を見やると、片隅の栗の木の所でクワガタを捕まえようとしている。どうやら子供たちで奪い合いになって、思わず鉄平が手を出したらしい。

伝次郎がゆっくり近づいてみると、鉄平は二匹のクワガタを戦わせて遊んでいた。

「ひとりで遊んで楽しいか？」

「え……」

「みんなは、おまえと仲良く遊びたいと思ってるぞ。よく遊びよく学べというのは、大勢の子と交わるということだ」

「俺はいやじゃ」

「なんで」

「あいつら、みんな鈍くさいもん。走るのは遅いし、力はないし、ちょっと殴っただ

けでベエベエ泣きやがるし」

「人を殴るのは悪いことだぞ」

「なんで」

「相手が怪我をするだろう。友だち同士は仲良くするものだ」

「なんで」

「質問が多いな。身近な友だちと仲良く出来ない者が、これから大きくなって世の中に出たときに、人と仲良くできると思うか？」

「大人はいつも喧嘩しとるじゃないか」

鉄平は自分だけが悪いのではないとでも言いたげに、鼻の穴を膨らませて、

「昨日(きんの)も、父ちゃんのとこへ、文句を言いにきた鉱夫の人たちと喧嘩になった。父ちゃんが自分だけ、ええ思いをしとると難癖つけとんじゃ」

小学校三年生といえばまだ九歳であるが、鉄平はなかなかしっかりとしていた。祖父譲りの肝が据わったところもある。祖父とは、鉄次郎のことで、父親は弦太郎だ。

〝切上り長兵衛〟の直系という誇りがあるのか、鉄平自身もいつかは鉱夫になると、当然のように思っていた。

「父ちゃんだけが、ええ思いとは……？」

伝次郎は訊きかけたがやめた。おおよその事情は知っているからだ。

その日の夜、目出度にある鉄平の家まで行き、弦太郎に学校での様子を話した。この辺りには、鉱夫の社宅もある。江戸時代の稼人長屋ほど酷くはないが、段々畑のような石谷の上に櫛比(しっぴ)している情景は同じであった。

この界隈には、木方重任局、支配方、勘場などがあった。勘場の屋根の上には櫓太鼓があって、朝昼晩や集会のときにドンデンドンと鳴らしていた。その音は銅山越えの向こう側はもとより、足谷川を下った日浦の方まで谺していた。

晩の太鼓の音が鳴りやんだとき、火の用心の当番らが拍子木を打って、階段や通路を巡り始める。火災が一番、危険であるから、細やかなところまで目を配っていた。

太鼓と拍子木は賑やかだが、あたりはすっかり暗くなっている。

「――ほうですか……鉄平がそんなことを……」

弦太郎は一人息子の鉄平が、ヤンチャ小僧であることは承知していた。まだ小さいながら、父親の鉄次郎に顔や体つきがそっくりだと感じていた。弦太郎自身は、どちらかというと大人しい人間だが、鉄平の体には代々の鉱夫としての熱情が色濃く流れているようだった。

「たしかに、近頃は毎日のように喧嘩が絶えんねえ。ほじゃけど、これは仲が悪いとか、いがみ合っとるというんじゃなく、改善をして欲しいという願いでね」

「改善……？」

「先生も知ってのとおり、火薬と油で動かす削岩機は危険を伴うけん、研修して技量がある者が扱わんといかん。以前のような細やかな作業ではなくて、ガンガン採掘するようになったのはええけど、いわば鉱夫の中で格差ができてしもうたんよ」

「でしょうな……」

「当然、給料にも跳ね返ってくるしね。不満のぶつけどころが、鉱夫頭の俺のところにくるわけじゃけど……子供らには喧嘩をしてるように見えるんじゃろね」

「でも、殴り合いはどうかと……」

「気性の荒いのもおるけん、酒を飲んだら、そういうこともあるけど……ま、そこんところは気をつけようわい」

「ええ。子供のためですけん」

もっとも、それ以外に事情もあるようだった。母親が産後の肥立ちが悪くて死んだことも、鉄平の心に影響したようだ。弦太郎は後妻を貰って、鉄平に優しくしてはいるものの、淋しい思いをしているに違いないと伝次郎は思っていた。そのことを伝えると、

「儂も同じような目に遭うたけん、鉄平の気持ちは分かるが……人それぞれ事情はあるでしょうが、鉄平がすぐ手を出すのは、親父の血かもしれんしね。はてさて……」

と弦太郎は半ば諦めたように言った。

「それは違いますよ、弦太郎さん……鉄平はどうせ鉱夫になるから、勉学はしなくてもいいと言ってます。弦太郎さんも似たような経験をしたと思いますが、これからはますます学問が必要な世の中になります」

「ああ、そうじゃろね」

「なのに、鉄平は鉱夫になるから、勉強はせんでええ。だから、みんなと一緒に学ばんでもええと考えてるようです。それが一番、ダメだと思います」

「ダメ……ですかいのう」

「ええ。どのような仕事に就こうが、人として学問や教養を身につけることは大切なことだと思うてます。人への思いやりに欠ける人間にはなって貰いたくない。だから私も教師として、きちんと育んでいきますが、家庭でもしっかりと頼みます」

伝次郎は親切で言ったつもりであろうが、弦太郎は少しばかり鼻持ちならぬように感じたのであろう。

「息子を庇うわけではないけど、お上に押しつけられる教育とやらもどうかと思う。

それが時代と言われればそれまでじゃが、儂は仕事を通してでなきゃ、人は育たんと思うてる」

「それは正しいことです。ですが、仕事をする前に学問をすることで、鉄平にも色々な道が開けると思います」

「鉱夫がダメだとでも？」

「そんなことは言っておりません。まだ九歳の子供です。将来の道を決めるのは早過ぎると思います。色々なことに興味を持たせて、それから選ぶのは鉄平の……」

「やかましい」

静かだが芯の強い声で、弦太郎は制するように言った。

「この銅山がある限り、儂の子供も孫も、ここで働いて暮らす。それが天命じゃ」

「結構なことです。でも、考えてみて下さい。こんな山奥まで鉄道が来ようという世の中ですよ。新しいことをどんどん学ばせて、子供たちに夢のある、よりよい世の中にすることが大事だと思います」

伝次郎も負けじと言い返したが、考え方や感性の違いを埋めることはできそうもなかった。ただ、お互いに子供がいるから、大切に育てて、いつかは社会の役に立てる人間にしたいという思いは同じだった。

「大窪先生……儂はあんたの父さんにも少しばかり学んだが、もっと大らかだったような気がする。世の中、何が正しいか分からない。だから、儂は鉄平の思うがままにしたらええと思うとります」

「だったら、人に迷惑をかけないように、よう躾けといて下さいッ」

強く言い返した伝次郎の表情も、いつになく強張った。険悪な雰囲気になったとき、表戸がドンドンと叩かれた。

弦太郎が立ち上がって開けると、そこには大島が立っていた。

「弦太郎さん、大変なことが起きておる……おや、大窪先生もいましたか。丁度いい。ちょっと重任局の方へ来て貰うてよいですかな。込み入った話になりそうなんで」

意味深長な言い草に、弦太郎と伝次郎は今の今までの嫌な感情は消えて、何事かと心配そうな表情に変わった。

四

重任局には、鉱夫らが数十人集まっていて、給料の値上げや疾病への補償などを訴えていた。鉱夫頭の弦太郎に訴え続けているのに、まったく上層部に伝えてくれないからと、直談判にきていたのだ。

大勢の鉱夫たちに引きずり出される形になった弦太郎だが、怯むことなく堂々としていた。父親の鉄次郎のような押し出しはないが、肝は据わっているようだ。

「そもそも、手当てのことを儂に言われても、どないもしようがない。上げてくれという話は、節目節目に伝えとる」

弦太郎がそう説明すると、鉱夫たちは不満そうに怒鳴り散らした。

「ほんだら、なんでおまえだけが上がって、儂らは変わらんのよ。それどころか、下がっとる者もおるんぞよ」

「それは会社の判断じゃろ。儂に文句言われても知らんがな」

「それは無責任ちゅうもんじゃ、弦太郎さん」

年配の鉱夫が詰め寄った。

「こっちはあんたが大将じゃ思うとるけん、坑道内でもキッチリついてって働いとるのじゃ。その大将が自分だけ、ええ思いをして、手下をほったらかしにするのは、どんなもんじゃろのう」

「儂は面倒見てると思うがな」

「いや、見とらんッ。あんたは親父と違う。鉱夫頭の器じゃないんじゃ。年も若いし、もう無理じゃろう」

「……だったら、別の人がなればええ。儂は儂で、自分の役目をやるだけじゃけん」

自分はそもそも人の上に立つ資質がない。親父とは違うと、半ば自嘲気味に弦太郎は言った。投げやりな態度に鉱夫たちは怒りを覚え、今にも摑みかからん勢いで、

「おう。だったら辞めて、何処へでも出ていけ。おまえが偉そうにできるのも、この銅山におるからこそじゃ。余所で通じると思うなよ」

と乱暴な声を上げた。

大島はすぐさま止めて、仲間割れはよせと間に入った。報酬については、大島が責任をもって解決すると約束した。だが、鉱夫頭は弦太郎が続けるように命じた。それでも、鉱夫たちは納得できない。

「一度、自分から辞めると言うたんじゃから、キッパリ辞めて貰おうじゃないか」

今度は年配の鉱夫たちが梃子でも動かぬと、意地を張った。どんなに近代化したとしても、坑道の中では落盤など何が起きるか分からない。生死を共にする者たちは、腹の底からの信頼が大切である。だからこそ、一旦、崩れた絆を結び直すことは、容易なことではなかった。

こうした問題はいつの時代でも、何処でも起こっていることである。大島としては、

なんとしても鉱夫たちの怒りを静めて、元通りにしたいが、それが叶わぬなら、せめて弦太郎を銅山に残したいと願った。削岩機の使い手として、重宝していたからである。

「鉱山鉄道ができると、ますます採鉱量を増やさなければならない。増えれば、みんなの手当ても上がる。どうか、ここは私の顔を立てると思うて、矛を収めてくれんか」

大島が懸命に宥めても、集まった鉱夫たちはなかなか納得して解散しそうにない。かつて、人員整理などに不満を持つ鉱夫に襲われる事件もあった。その不満が除去されたわけではない。陰では、広瀬宰平の悪口を言う者もいた。

「みんなの気持ちは私も理解している。だが、広瀬総理が職員一同の前で、『私は種を蒔く人でありたい。諸君はその花を愛で、その実を食して欲しい』と演説したのを覚えているだろう。そういう御仁なのだ」

住友家は「自利、利他、公私一如」の考えで経営にあたっており、「人を得るの日は、事業の成る日なり」との思想で、広く人材登用をしてきた。広瀬はそのことを強調したかっただけだ。

「――そうですかいのう……綺麗事ばかりでは、儂らの暮らしは上向かんけんな」

自分たちの命綱は、すべて広瀬が握っている。面と向かって不満をぶつけることなどできるわけがない。だから、弦太郎が槍玉に挙げられ、その間に入って大島が対処するしかなかったのだ。

「――もしかしたら、鉱夫たちの関係が、子供らにも影響しているのかもしれませんね」

と伝次郎は溜息混じりに言った。

「それは、どういうことかな、大窪先生……」

心配そうに顔を向ける大島に、伝次郎は日頃の学校の様子を伝えた。小学校の副支配人でもあるからだ。

「鉄平が乱暴を働くのは、他の子供らの親たちが、弦太郎さんを責めてるからではないでしょうか。同じ銅山で働く者同士の感情は、子供には直に伝わるものですからね」

事情を知った大島は、子供らのために何とかよりよい打開策を講じたいと言った。しかし、大島自身が少しばかり、広瀬とわだかまりがあった。今し方、鉱夫が広瀬の悪口を言ったのも理解できるからである。

それはやはり、〝二十四年家法〟が原因とも言えた。

大日本帝国憲法が発布されると、民法や商法なども制定されることが国会で議論されるようになる。つまり、新しい時代に相応しい住友家のあり方や相続の問題、事業経営自体との関係などを見直さねばならないと、広瀬は考えた結果の家法であった。

住友家では、十九欣百二十条の〝明治十五年家法〟も作っているが、その折に実は、広瀬は総理代人から「総理人」になっている。この時の家法は、住友家二百五十年の歴史を踏まえて、家業の隆盛を果たすための基本法であった。第一欣三条にある、

——苟くも浮利に趨り軽進す可らざる事。

の文言どおり、目先の利益を追うのではなく、あくまでも公益を重んずる姿勢を示している。世の中のためという本来の家風を踏襲したのだった。

今般の〝二十四年家法〟も基本理念に変わりはない。しかし、簡単に言えば、住友家という「家」と、住友という「会社」に分け、当主に経営権限はなく、総理人や支配人に全権を担うというものになった。すでに明治九年（一八七六）に、住友当主のことを家長と呼ぶように改め、

——嫡子であっても、相応しくない者からは、その権限を奪い、次男や次女の中から相応しい者を選ぶこと。

という能力主義に変えた。つまり、家長は〝君臨すれども統治せず〟という形にし

ていたのだが、さらに徹底させ、広瀬はますます権限を強めていた。

近代的法治国家に相応しい改革ではあるが、ひとりの人間に大きな権限が委ねられることに、家内や社内では危機感を抱く者もいた。大島もそのひとりであった。

「憲法によって臣民が統制されるのは悪くないのかもしれないが、その弊害を指摘する者もいる……たとえば、近頃は、川上音二郎という役者が政府をからかってる。政府の方も躍起になっているようだが、江戸の昔と今も、人間のやることは同じよなあ」

大島がしみじみ話すと、伝次郎も小さく頷いて、

「近頃は、何処で覚えたのか、子供でもオッペケペー節の真似してますよ……銅山には色々な所から来る鉱夫がいますからな」

オッペケペー節とは、大阪の桂藤兵衛(かつらとうべえ)が始めた、独特な節回しの端唄や小唄、俗曲の類である。肝心なことはうやむやにする意味合いで、オッペケペーと言葉を濁すのである。

その桂藤兵衛の弟子だった川上音二郎が、壮士芝居を始めて、あっという間に全国的な人気を博し、後には海外公演やパリ万博で公演をするほどになる。文久四年(一八六四)生まれだから、弦太郎よりも少し若い。元々は福岡藩の郷士の息子だが、何

をやっても長続きしなかったという。逃げるように東京に来て、たまたま出会った福沢諭吉のお陰で、慶應義塾で書生として学び、警視庁巡査にもなったが、やはりモノにはならず、反政府の壮士となった。

――権利幸福嫌いな人に、自由湯をば飲ましたい。オッペケペー、オッペケペッポウ、ペッポポッポウ……米価騰貴の今日に、細民困窮、省みず目深に被った高帽子、金の指輪に金時計、権門貴顕に膝を曲げ、芸者幇間に金を蒔き、内には米を倉に積み、同胞兄弟見殺しか。幾ら慈悲なき欲心も、あまり非道な薄情な但し冥土の御土産か。地獄で閻魔に面会し、わいろ遣うて極楽へ。行けるかへゆけないよ。オッペケペー、オッペケペッポウ、ペッポポッポウ……。

軽妙で調子の良い歌い口調なのだが、繰り返し聞くと、妙に頭から離れない。だから、子供も真似をするのだが、別子銅山の山奥では観ることも叶わないであろう。

「――川上音二郎……オッペケペエ……聞いたことがあるなあ？」

弦太郎が首を傾げると、大島が苦笑して、

「そりゃそうだろう。これだけ名を馳せているのだから」

「いや、そうじゃなくて……たしか、姉ちゃん、類が……もう十数年前、旅芸人の『花村雪之丞一座』について銅山から出ていった姉ちゃんが、たしか川上音二郎と一緒に講談芝居をしてるとか、いつぞやの手紙に書いてあった」

「なんじゃと?」

大島は目を丸くした。類がいなくなった当時は大騒ぎで、父親の鉄次郎も長年、心痛で苦しんだが、とうとう娘と会うことはなく死んでしまった。それが心残りだったことは、弦太郎が一番知っている。

「もっとも……郵便ができてからは、姉ちゃんから年に一、二度、無事の便りが送られてきとった……結婚もせずに芝居漬けの日々だったらしいが、とうに三十路になってる」

「ほんまに川上音二郎と……?」

「今の一座にいるかどうかは分からんが、大阪で自由民権運動がどうたらこうたらで……なんや知らんが、えらいことしよると思うとったんですわい」

大日本帝国憲法が発せられるまでの明治十年代は、板垣退助を総理とする自由党が結成され、大久保利通の暗殺から明治十四年の政変などが起き、国会開設が決まると急進的な自由党と議会政治を基本とする立憲改進党などが結成されて、喧々囂々の議論闘争があった。

その一方で、農村は貧窮に喘ぐ事態となり、政府の弾圧や松方デフレによる不況や重税に対して、自由党員や農民たちはまるで一揆のような騒動を起こした。困民党一万人が蜂起した「秩父事件」などはその最たるもので、政府は軍隊まで出動させて鎮圧したのである。

　また東京や大阪などの都市においては、工場が急激に増えたことで、賃金労働者がほとんどを占めた。特に農家の女たちは、苦しい家計を助けるために、女工として働かざるを得ず、劣悪で過酷な労働を強いられた。近代化する大都市には陰の部分もある。かろうじて日雇いで生計を立てている人々が暮らす〝貧民窟〟もあちこちにでき、社会問題となった。

「――そういう人々の暮らしをネタにして、川上音二郎は、社会活動として壮士芝居をしてきたのだろうが、お類さんも誰かに影響されたのかねえ……」

　大島が切実そうに言うと、弦太郎は自分も賃金労働者だと自覚していると頷き、

「そういえば、姉ちゃんは一度、会社に扱き使われていてはだめだ。言いなりにならず、怒るときには怒れと手紙に書いていた……あの気弱で優しい姉ちゃんの言葉とは思えなんだが……」

　と憂えた声で言った。

　この銅山の中でも、都市の工場で起こっているような不平不満が溜まっていて、い

つの間にか川上音二郎のオッペケペー節に刺激されているのかもしれない。ダイナマイトや削岩機で効率よく採掘するようになったり、鉱山鉄道ができたりすることで、却って厳しい労働になってしまうと、鉱夫たちは不安がってる。大島はそう思っていた。

弦太郎と伝次郎も、山が動くような胎動を感じ取っていた。

五

鉄道が敷設される工事は、新居浜中の名物のようになっていた。

惣開から金子山山麓、田園地帯を抜けて、土橋や角野を抜けて、立川の山間に至るまで、人海戦術の突貫工事が続いていた。かつてない活気ある光景が、人々の目にも、新しい世の中が来るという予感があった。

下部鉄道は去年の五月に着工していたが、その年の暮れ、大島は山根製錬所について、広瀬に対して意見を言った。大島はここの責任者だったからだ。

「山根の製錬所が、鉱山鉄道と並んで、総理の新事業であることは百も承知してます。ですが、〝えんとつ山〟に関しては、そろそろ撤退した方がよいのではないでしょうか」

「いや。継続する」

「煙害の影響が広がっています。特に角野や上泉川辺りでは深刻で……鉱夫も煙害に加担しているのではと気にしてる者も……」

「うむ……」

広瀬が頭を抱えたのは、思うように解決できていないのが現実だったからだ。

「だが、鉄を輸入にばかり頼ってられん」

「別子銅山の銅は、含銅硫化鉄鉱ですからね。収銅後に残る酸化鉄から、鉄を採取すれば、また収銅のための鉄を自給できます。岩佐巌元東大教授を招聘して研究してきた甲斐はあります。でも、亜硫酸ガスの方が……」

「それを硫酸にできるではないか」

「はい。焼鉱を水に溶かして銅を取ることができますしね、硫酸銅や硫酸鉄なんかも回収できますが、硫酸を買ってくれるところがない。海外に売ることも出来ない……総理は多くのことを一度にやろうとし過ぎてるのではありませんか」

「……同じ事を何度も言うな」

常日頃から口を開けば、多角経営の非難をする大島には辟易としていた。

「実際に、製糸業、再製茶業、樟脳製造業……いずれも芳しくありません。事実、朝鮮貿易は失敗してるではありませんか」

「失敗したものだけを見て物を言うな。私はこれまでも数々の……」

「分かっております。でも、製造業は厳しい。やはり、銅山本位に立ち戻って、経営を考え直した方がよいのではないでしょうか。鉄道もそのために作っているのですから」

「いや。私はどうしても製鉄所も作りたい。でないと、世の中に遅れてしまう。いや、住友が先頭を走らねばならぬのだ」

「住友住友と言うわりには、本家をないがしろにしてませんか」

大島は思わず口にしてしまった。

「――なんだと……」

「あ、いえ……製鉄に拘れば、むしろ銅山事業が疎(おろそ)かになるのではないかと……」

「知ったふうなことを言うな。おまえは、まさか、もう何年も前の騒動で、金矢とやらいう技師と支配人の広瀬坦、そしておまえが罰せられたことを恨んでるのか」

「そんなことはありません」

「ここに製錬所を作るのを反対しおったではないか。鉱夫たちも煽って……なるほど。

坦ともども、私が拾ってやった恩も忘れて批判ばかりか。ただの批判は、〝逆命利君〟ではない。足を引っ張ってるだけだッ」

強く断言した広瀬に、大島はじっと睨み返して、

「あなたは私の主君なのですか？」

「なに……」

「私の主君は住友家だと思っております。総理は、開坑二百年祭のとき、県知事からの祝辞に対して、家長は忍耐強く、自分は微力ながら忠義に徹しただけでございますと、答えられましたな」

「………」

「あれは聞きようによっては、家長は何もせず、自分がすべてやったに聞こえます」

「何を穿(うが)ったことを……」

「新しい家法のこともそうです。何もかも自分の思い通りにしようとしている。重役たちは、みんな警戒してますぞ……住友は、あなたひとりのものではない！」

まるで飼い犬に手を嚙まれたような顔をしている広瀬は、理性を抑えられぬ表情になって、語気を強めて、

「だったら、辞めろ」

と言った。売り言葉に買い言葉で、大島もすぐさま「辞める！」と返した。年が明けて一月に辞表を出すと、その二月には、支配人の広瀬坦も別子銅山を追われ、代わりに甥の久保盛明が銅山支配人となった。

大島は鉱山鉄道の完成を見ることなく、新居浜から去ったのである。

同じ年――。

明治二十五年（一八九二）の七月には、広瀬宰平は勲四等瑞宝章という名誉ある勲章を拝した。

第一銀行の渋沢栄一、足尾銅山の古河市兵衛、北海道開拓者の伊達邦茂とともに、国家隆盛のため殖産興業に尽力したからである。四人とも初の民間人受賞となった。しかも、関西では唯一という名誉に、祝賀会には大勢の実業界人が集まった。

その華やかな宴席にあっても、

――五代友厚さんが生きていれば、彼こそが相応しかった。

と広瀬は心から思っていた。その謙虚さは人々にも伝わっていた。

だが、まだ道半ばである。日本初の本格的な山岳鉱山鉄道が完成すれば、別子銅山はさらに栄え、製鉄や発電などの事業も広げることができると考えていた。貪欲と言えば悪く聞こえるが、国家公益のために精力的に働いていたのである。

時は遡るが、広瀬に暗雲が広がったのは、明治二十三年（一八九〇）の二百年祝賀の直後、かねてより闘病中だった住友家十二代目・友親が亡くなり、その後を追うように十三代目の友忠が亡くなったからである。友忠はまだ学習院中等科に在学中という若さで、腸チフスが原因であった。

親族会議において、まずは友忠の母親である徳が家督を継ぎ、広瀬が後見することになった。そして折を見て、友忠の妹・満寿に婿を迎えて、十五代目家長に据えようと考えていた。

縁あって、徳大寺隆麿が満寿の婿として入り、住友家の養嗣子となった。隆麿が二十九歳、満寿が十九歳のときのことだ。

徳大寺家といえば、摂政関白を出す五摂家に次ぐ家格で、太政大臣を出せる清華家である。隆麿の長兄は、明治天皇の侍従長・徳大寺実則であり、次兄は後に内閣総理大臣になる西園寺公望、三兄は中院通規であった。住友家も四百年の旧家である名門とはいえ、公家と結びついたのは異例なことだ。それほど、国家隆盛のため殖産興業に貢献している企業家の重要性が、世に広まったともいえる。

隆麿は、十五代当主・吉左衛門となり、友純と名乗った。立て続けに当主を亡くしたことで、一時はどうなるかと思った広瀬だが、有能な友純は単なる家長ではなく、実業家としても活躍することを、大いに期待していた。

広瀬は、友聞(ともひろ)、友視(ともみ)、友訓(とものり)、友親と仕えてきたが、いずれも商売熱心とは言えなかった。むろん、〝御輿〟にしておくような家法にしたのは広瀬であった。だが、友純はこの後に、次代の別子銅山支配人となる伊庭貞剛とともに、数々の偉業を成し遂げる。まさに広瀬の慧眼であった。

そんなめでたい中で、鉱山鉄道は完成し、いよいよ開通することとなった。

まずは惣開から端出場までの下部鉄道が、明治二十六年(一八九三)三月に、そして、上部鉄道が八月に竣工したのである。

「いやあ、ようやく完成しました……明治二十二年に取りかかり、設計に一年、着工してから、上部の五・五キロが一年三ヶ月、下部の十キロ余りが一年と十ヶ月かかって、ようやくです……これでも精一杯、大急ぎで、なんとか漕ぎ着けたと思います」

工事長の小野は感慨深く言ったが、広瀬は逸る気持ちのままに、役員たちを集めて、早速、試乗した。技師たちが細かなところを点検するのを見ながら、ガタゴトという心地よい音を聞き、風に吹かれていた。渓流沿いの山間を走るため、軌道は七百六十二ミリだから、日本の一般鉄道に使われる狭軌と呼ばれる千六十七よりも狭いが、横揺れはほとんどなかった。

しかも、蒸気機関車はドイツのクラウス社製のものである。この機関車は曲線を円滑に通過して走ることに優れているため、傾くこともほとんどない。貨車と客車を八両から十両を牽引でき、一日に四往復が可能である。上部鉄道は、四、五両の牽引で日に六往復する。運輸量は、牛車の時の六トン足らずから、十五倍の九十トン近くに増えた。燃料とする石炭を含め、鉱山用の資材、道具、食糧から日用品まで、なんでも手軽に運べるようになった。

上部鉄道では、機関車をボイラー、ストーカーという自動給炭装置、過熱管、加減弁開閉装置、蒸気分配箱、煙室から、ピストン、シリンダー、動輪、連結棒、逆転機、台車、ブレーキ装置、給油装置、水まき装置など無数の部品を一旦、ばらばらにし、牛車や人力で運び、山上で組み立てた。

もっとも、機関士の養成にはかなりの苦労があった。まったく経験がないのだから当然であろうが、ドイツ人のルイ・ガルランドという運転手長を雇い、住友で雇った実習生に学ばせた。繊細なラロックとは違い、大酒飲みの乱暴者で、実習生の指導には熱が入るとスパナで手足を殴っていた。

だが、仕事でないときは陽気だった。山根の内宮(うちのみや)神社近くの宿屋に逗留していたガルランドは、毎日のように実習生とドンチャン騒ぎをしていたという。

　こうして、機関士も養成され、広瀬の念願だった鉱山鉄道が活躍することになり、

『他山業と相同じからず　無尽蔵中　赤銅を採る
問はんと欲す国家経済の事　半天の鉄路一条通ず』

と喜びの漢詩を詠んだ。鉄道を走らせることによって、別子銅山はまさしく銅山中の銅山となり、国家の経済を支えているのだという自信に満ちている。

　だが、良きことがあれば、また辛いことも起こる。稼行が多くなれば、足尾銅山のような公害を生じることになるのだ。その対応には苦慮していた。大島が懸念したとおり、新居浜製鉄など新規事業の経営悪化のために、本家からも懸念が上がり、煙害問題も農民たちが暴動を起こすほど大きくなり、広瀬の立場はますます危うくなった。

　そこに追い討ちをかけたのが、大島による〝スキャンダル事件〟である。

　別子銅山を辞めていた大島の行動は、もはや非難を超えて、公然と弾劾するほどに激烈を極めていた。住友にあっては重任局理事や別子銅山副支配人を任されるほど、その才覚を認められていた大島であるからこそ、広瀬の〝独裁的〟な施策に危機感を抱いていたのだ。

　そもそも、明治八年（一八七五）頃に、広瀬はそれまでの制度を見直して、能力のある者は抜擢することにした。もしくは、大島のように外部から引き抜いてくる方が、

別子銅山のためなのだという考え方を示し、実行してきた。

それは正しいことだ。しかし、公正で公平だったかどうかは分からぬ。素性の知らぬ人間よりも知っている者の方が良いと広瀬自身が言っているが、結果として有能な人材が集まった。広瀬に人を見る目があったということである。しかし、長年にわたる広瀬の専横に、うんざりとしていた社員がいたのも否めまい。大島が、

——広瀬の公私混同は甚だしい。住友家を形骸化し、横暴極まれり！

と扇動すると、別子銅山内を二分するほどの大騒ぎとなった。すでに辞職して二年になろうとする大島の言動に呼応する者もすこぶる多かったのである。

「御家が大事」

と繰り返していた大島から、思わぬ攻撃を受けた広瀬は、腹立たしさよりも悲しみに包まれていた。いわば大島は余所者だ。自分こそが、丁稚の頃から住友家に奉公し、別子銅山に命を賭けてきた自負がある。

——御家は大事だが、事業の隆盛なくして、住友家が末代まで続くことはない。

というのが、広瀬の信念であった。これを公私混同と言われるならば、「私と住友家は一心同体だ」と堂々と言えるであろう。それほど住友家を尊崇し、愛しているのだ。だからこそ、私財を投げ打ってまで、資金困窮の銅山を救ったこともある。

むろん別子銅山の最大の功労者であることは、大島も心の底から認めている。尊敬すらしている。だからこそ、これ以上、老醜を晒すなと訴えたかったのだ。

当時、六十七歳の広瀬は、たしかに老いの境地に入っていたが、事業熱は冷めるどころか、まだまだ血気盛んだった。私利私欲のために行っているのではない。あくまでも国益のための国産興業なのだ。しかも、今年の夏、日本は清国に宣戦布告をした。この国難にあって、反論したいことは山ほどあったが、

――筑豊の忠隈炭鉱買収に際して、広瀬に私利私欲による不正があった。

と大島が暴いたがために、幾つかの新聞が興味本位に書き立てた。

鉱山鉄道に必要な石炭を確保しただけのことだ。だが、広瀬の醜聞に留まらず、名家ゆえに、住友家が世間から変な目で見られるようになったのだ。遠い江戸の昔、金儲けを揶揄されて歌舞伎にされたことがあるが、あらぬ事態になったことに、住友家内でも大いに問題になった。

開坑二百年祭の直後、大阪の発展のため、「修生会」というサロンを立ち上げ、広瀬は自ら会長となり、財界人の交流を深めていたが、それすら住友家を蔑ろにしているとの批判があった。決して、私利私欲でやってはいないのに、一度、攻撃の的になると世間というものは奇異なまなざしで見るものだ。

――広瀬を追放するように。

と大島から嘆願されていた住友家長の友純も、動かざるを得なかった。とはいえ、友純は養嗣子であるし、経営には口出ししないのが家法であるから、強くは言いにくい。そういう弟の気持ちを察したのか、西園寺公望がやんわりと、勇退を勧めた。

西園寺公望は、海外特使や貴族院副議長など数々の公職を経て、第二次伊藤博文内閣の文部大臣に就任したばかりである。政界とは一線を画してきた広瀬にとって、西園寺の意見など右から左でもよかった。「出処進退は自分で決める」覚悟はできていたからだ。勇退直後に詠んだ漢詩は、

『五十七年夢の如く飛び　恍然　跡を尋ねて跡多くあらず

閑雲野鶴　今より後　我が園中に来たらば　帰るを許さず』

である。本心では憤りを感じながらの苦渋の決断であった。しかし、丁稚として入ってから、五十七年にも及ぶ〝住友人生〟に悔いはない。功成り名を遂げたからではない。別子銅山の発展に寄与し、名家住友を守り、国の隆盛に少なからず貢献できたからだ。

ただ無念なのは、煙害を十分に対策できていなかったことである。このことは、明治二十七年（一八九四）に別子銅山支配人として赴任した、甥の伊庭貞剛に委ねるこ

とにした。

——終身住友家分家の上席に列し、また総理人の資格をもって礼遇する。

と友純は、長年の労を労った。

『高く一楼を築き　子孫に遺す　此の楼宜しく鉱山とともに存すべし
望遠ただに風致を愛でるのみならず　報いんと欲す　積年金石の恩』

角野の高台にある広瀬の邸宅「望煙楼」から眺められた煙は、近代化の象徴だが、新たな火種でもあった。それはやがて大火となるも、真っ正面から受け止めた伊庭貞剛は、広瀬の志を受け継ぎ、家長の友純とともに、四国山脈の頂きを越え、さらに上の雲まで駆け上がるのであった。

けんか太鼓

一

明治三十二年（一八九九）の春は、例年になく暖かく、禿げ山だらけだった別子銅山の山肌は緑に覆われていた。

緑の山といえば大袈裟だが、見渡す限り苗木が広がっている。伊庭貞剛が別子銅山支配人として来山してから、苗木の数は年々増え続け、すでに灌木程度には伸びている杉もあった。

植林事業は、すでに広瀬宰平が総理人の頃から始めている。元禄時代から炭にするため山の樹木を伐採し続けてきた上に、近代化に伴って製錬の燃料として使い、坑道保全の資材として利用したからだ。周辺の原生林はすっかりなくなり、禿げ山と表現するしかなかった。

幕末にはすでにこの状態だったので、広瀬は不安に感じ、明治九年（一八七六）までには六万数千本の檜や杉を植えた。

――百年の謀（はかりごと）は徳を積むにあり、十年の謀は樹を植うるにあり。

という先人の言葉に感銘を受けてのことだった。

以降、広瀬は辺り一帯の国有林を借りたり、買ったりして、明治十三年（一八八〇）には別子銅山内に「山林方」を設置し、中七番という所には苗木栽培所を作り、伊庭貞剛に経営を委ねるまでに、百二十五万本も植林をしてきた。

それでも、伊庭の目には、禿げ山にしか映らなかった。殺伐とした土くれた景色の中で、子供たちが無邪気に遊んでいるのを見て、妙に心が痛んだのである。住友に来てから思い続けていたことだ。

樹林があれば鳥が訪れ、虫が集まり、木登りだってできるであろう。急峻な斜面の石垣だらけの社宅では、子供の心の成長にもよくないと考えた伊庭は、住友の事業のために、これ以上自然を荒廃させてはならないと心に誓い、新居浜の煙害問題とともに力を注いだ。

伊庭は別子周辺の地形測量や気象観測を行った上で、「山林課」を作り、地理や培植、木材、製炭などを一手に担うようにした。そして、明治二十七年（一八九四）から一挙に増やし、明治三十二年には、百四十五万本も植林をすることができた。今後は毎年、二百万本を植える計画である。同時に、伐採は縮小し、木炭を石炭に替えることによって、緑の山が復活するだけではなく、水源の確保や土砂崩れ防止にも役立つと期待できた。

明治二十七年（一八九四）に別子銅山支配人になってから丸五年、伊庭は公害と自然破壊と戦ってきたが、このふたつに解決の道筋がついた。それゆえ、今年・明治三十二年の正月から、大阪本店に帰り、翌年「総理事」として手腕を振るうことになった。伊庭の代から、総理人の職は「総理事」に改めており、数人の理事の合議制を取っていたのだ。

「お帰りなさいませ。ご苦労様でした」

「これからは大阪の方もよろしく頼みます」

「伊庭様あっての住友でございますさかい。どうぞよろしゅう」

大阪本店の重役たちが出揃って挨拶をした、住友家家長の友純も再会を喜んだ。経営には口出しせぬという家法でありながら、友純は深い教養と人脈に溢れている。伊庭の穏和な人柄に親しみ、考え方もお互いに共鳴し合うことばかりであった。ここまで二人三脚で来たようなものである。

これまでも、大阪と新居浜の中間に当たる尾道支店で、重役会議は開かれてきた。この支店は、広瀬の考えによるものだった。丁度、鉱山鉄道を建設中に、山陽鉄道ができると聞いて、新居浜から尾道への直通の航路を作ったのだ。

そこでは、田辺貞吉、豊島住作ら理事が集まって、道半ばである公害対策も含めて、様々な協議を行ってきた。住友銀行や住友伸銅場、別子の山林課や土木課など、後の住友銀行、住友化学、住友林業、住友建設など〝住友グループ〟に繋がる盤石な経営母体が築かれていったのである。

——伊庭あっての住友。

と重役が称するのは、住友家当主が絶えるという家難のときにあって、広瀬に呼び戻されて献身的な努力をしたからである。

当時、伊庭は一旦、住友を離れ、故郷の滋賀第三選挙区から、衆議院議員に当選していた。滋賀県出身初の代議士になるはずだったが、後継者問題のために住友に復帰したのである。当時の内務大臣は品川弥二郎で、伊庭の大親友だったが、辞職願を出した折、松方正義総理とともに、「辞することはない」と懇願された。

しかし、住友へ導いた広瀬への恩義を感じて、再び住友に奉公することになったのである。その際、西園寺家と繋ぎをつけ、友純を住友家家長にできたのは、伊庭が陰ながら尽力したからだった。それゆえ、「伊庭あっての住友」と表現されるのだ。

決して大袈裟ではなく、友純自身が感謝の意を、事あるごとに述べている。

「私は実は、住友に入るのはためらってましたがね、伊庭さんが、『住友の財産といったところで、何ほどでもない。たかが銅で吹いて儲けたくらいのものだから、潰して貰ってけっこうですよ』と言われました。だから、私も安心して婿養子になったのです」

そう冗談混じりに人を笑わせながら、伊庭を立てていた。そして、

「伊庭さんは、『君子財を愛す。之を取るに道あり』だと、私に教えてくれたんです。禅宗の言葉らしいのですが、企業が儲けるのは、社会のために尽くすため。だから、堂々と沢山稼ぎましょうとね……私は公家の出だし、伊庭さんは裁判官出身だから、お互い商売は苦手。だからこそ、恐いものなしだったのでしょうな」

と付け足した。

伊庭はまだ人生を振り返る年齢ではないが、五十を過ぎた。来し方を鑑みると、広瀬との不思議な縁で、〝住友人〟になったと感慨深いものがあった。京都御留守刑法官から、函館裁判所判事、大阪上等裁判所という司法畑を歩んできたが、維新の自由

な風潮がなくなり、官僚機構にドップリ浸かっていた伊庭は、

——ここは自分が生きるところではない。

と逃げ出したときに、母方の叔父の広瀬に半ば強引に、住友入りをさせられたのだった。

その頃はすでに総理代人となり、大阪商工会議所副会頭をしていた広瀬から、篤と説教を受け、鉱山についても商売についてもズブの素人が住友に勤めることになったのだ。住友の本業よりも、大阪商船や大阪商業講習所、大阪紡績など、後の商船三井や大阪市立大学、東洋紡などになる事業に専念した。法律家としての実務が大いに役立ったのと、住友の〝世間を大事にする〟という家風が一致してのことでだろう。

「住友に入って、二十年……それも随分遠い昔のような気がします」

感慨深げに伊庭が言うと、友純は微笑みながら、

「まだまだ、これからが長いですよ。益々、頑張って頂かないと」

と励ますように言った。

文人でもある友純はこの後、中之島に図書館を寄贈した。昨年、実兄の西園寺公望に随行して、欧米を視察したとき、大富豪は美術館など文化施設を作っていることに感動し、自分もかくあらねばと痛感したからである。

中之島は当時、江戸時代の繁栄は消え、裁判所と処刑場があるだけの荒れ野同然だったが、住友が独力で図書館を建てようと思い立ったのだ。ローマ神殿を彷彿させる花崗岩で覆われた建物には、誰もが度肝を抜かれた。後世、公会堂や美術館が建ち並ぶ文化の香りがする地域になったのは、まさに友純の恩恵だと言ってよい。

似た者同士——とはよく言われるが、友純と伊庭は、穏やかな風貌、物腰、思想や哲学、社会観や人生観などが似ているのだ。人を立て、争い事も好まず、八方丸く収まることを考える。小さく纏まるという意味ではない。万人にとって良き社会とは何かを、追究しているのである。

そういう意味では、似た者が今ひとりいる。伊庭の心の友であり、生きる上で指針ともなった品川弥二郎である。

品川弥二郎とは長州出身の幕末の志士で、吉田松陰の松下村塾で学び、高杉晋作らとともに尊王攘夷の活動をしていた。主に薩長の連絡役だったが、大久保利通や岩倉具視らとも連携し、内紛に勝つため〝錦の御旗〟を掲げることに奔走した。

この頃、伊庭といえば、西川吉輔という勤王思想家の門弟になり、天下国家について学んでいた。伊庭は父親から漢学を学び、近江八幡の児島一郎という武士から、四天流剣道を学び、免許皆伝の腕前だった。身分も立場も違うが、後に会ってお互い共鳴できたのは、こうした下地があるからだ。

維新後、欧州視察を終えた品川は、萩の乱や西南戦争鎮圧の協力をし、新政府では内務少輔、農商務大輔、駐独公使などを歴任した。そして、第一次松方内閣では内務大臣となったものの、総選挙干渉を疑われて野に下っていた。

伊庭が住友に入るのを、品川は反対していたが、煙害問題や植林事業に向かい合ったときは、後押しをしてくれた。政府の初代山林局長だった品川には、植林事情の大切さをよく教えて貰っていたからである。昨年、品川に紹介された、東京農科大学出身の籠手田彦三(こてだひこぞう)という林学士に、別子銅山の山林課で指導に当たって貰っていた。

「品川さんは、在野にあっても、独逸学協会学校や京華中学校などの教育にも力を注ぎ、欧州で学んできた信用組合の創設に東奔西走していた……彼が西郷従道(つぐみち)さんらと組織していた国民協会の活動は、日清戦争の後は芳しくないようだが……」

友純が言うと、伊庭も承知していると頷いて、

「しばらく会ってませんが、手紙ではしょっちゅう遣り取りをして、煙害対策についても色々と教示して下さった……品川さんは、別子銅山の内部のゴタゴタにも勘が働いたようで、こっちについても助言を頂きました」

広瀬のことだと友純は察したが、それ以上は言わずに、

「なにはともあれ、ご苦労様でした。品川さんは支えになったでしょうが、実際に尽力したのは伊庭さん、あなたですからね」

「畏れ入ります」

「重役から聞いた話では、あなたは銅山に上り下りしながら、鉱夫や製錬夫、仲持にまで、ひとりひとりに感謝の言葉をかけていたそうですな……銅山支配人の身で、なかなかできることではありませんよ」

「いいえ、本当に何も知らないし、分からないからです……叔父が残した手記なども拝読しましたが、現場を知らなければ、何を言っても親身がないでしょう。相手のことを知らないと、ろくに根拠もなく批判したりすることもありますから」

「なるほど……」

「松尾芭蕉でしたか、『人の短をいふ事なかれ、己が長をとく事なかれ』とありますが、お互いを知れば、そんなことを言わなくても、自ずと対話ができますものねえ」

「人の上に立つ者、こうでなければ、いけないという見本ですな。いや本当に、伊庭さんには感服致します」

　友純の言葉に、伊庭は深々と頭を下げたが、去来するのはやはり煙害問題のことである。植林事業の方は、籠手田によって着々と進んでおり、一安心しているが、煙害は終わりのない難問題である。だからこそ、伊庭は別子支配人になってから、死に物狂いで取り組んできた。

研究の末、計画を打ち立てたのが、四阪島への製錬所移転であった。新居浜から二十キロ程の沖合にある無人島に、惣開や山根、銅山内の高橋などの製錬所を、一挙に移そうというのだ。四阪島とは、家ノ島、美濃島、明神島、鼠島、梶島という、いずれも周囲二、三キロの小さな無人島である。ここに港湾を建設し、工場を建て、社宅や学校、病院などを充実させ、五千人規模の町にする。

海の別子銅山を作るのかと、漁業関係者からは反対が起こった。逆に、多喜浜や船屋など海辺の町からは、誘致したいという運動や嘆願が行われた。だが、伊庭は四阪島への移転に拘っていた。海辺の町ならば、今度は漁師らにとって悪影響が生じる。

――だからこそ、無人島に。

と伊庭は断固、自分が立てた計画を実行すると踏ん張ったのだ。穏やかな伊庭だが、裁判官をしたほどだから、意思は強く、信念は曲げなかった。

「あなたは依怙地(いこじ)になったわけでも、自分の思い通りにしたいわけでもない。ただただ、新居浜の人々を煙害から救いたい。そして、他の地域の人たちにも迷惑をかけたくない。その一心で、四阪島を推したのでしたね」

　感謝するように友純が言うと、首を振りながら伊庭は答えた。

「たしかに、叔父さんが指摘するとおり、新居浜から移転するということは、働く人やその家族たちの暮らしも変わるわけですから、大変です……これまで住友別子銅山を支えてくれた人たちへの、裏切り行為かもしれません」

　広瀬は引退しているから意見を言える立場ではなかったが、国家の利益にならぬという信念で、あえて住友本店の総理事に対して、反論文を叩きつけたのだ。

「主な意見は、煙害以外にも、鉱毒水や漁業補償なども抱えているから、移転する費用は損害賠償に当てるべきであること。損害を川下の地域に拡大する畏れがあること……でしたが、たとえ全山が禿げ山になってでも、補償金に当てろという叔父の意見は、到底、受け入れることはできませんでした」

　伊庭としては、自然回帰を願う植林事業を無駄にしたくなかった。鳴物入りで作られた山根の製錬所も、わずか八年で廃止せざるを得ず、山上の煉瓦造りの煙突だけがぽつねんと残っている。その轍を踏みたくないのだ。

　一方で広瀬は、せっかく鉱山鉄道が稼働したにも拘わらず、さらに島まで運ぶ船舶を要しなければならぬのが無駄だと考えていた。しかも、四阪島は無人島で河川もないから、飲料水や工業用水までも船で運ばなければならない。常識で考えれば、それは無謀というものだ。

「たしかに莫大な費用は掛かります。新規の事業という面では控えねばならないかもしれない。でも、私はただただ、煙害で人々を苦しませたくない。それだけなんです」

切々と語る伊庭を、優しい目で友純は見つめていた。

住友は事実、事業の全費用の三分の一を公害対策に当てている。友純もまた人々の命や幸福が一番だと考えていたのだ。

「分かります。私もそれが最善の方法だと思います。これから新たに第三通洞もできて、産銅が増えるでしょうから、今のままでは決して煙害は解決しない。これまでの被害に対する補償はもちろん引き続きやらねばなりませんが、これからも頑張って下さいよ」

「もちろんでございます」

すでに伊庭は、広瀬に対して如何に四阪島が有益であるかを、塩野門之助とともに科学的なデータを添えて披露した。

塩野は海外留学から帰って来てから、広瀬とともに惣開製錬所を作った科学者である。伊庭が住友に戻る頃には、足尾銅山に奉職していたが、呼び戻したのだ。実は、伊庭が別子銅山を去ったときには、塩野の方が帰ってくるよう懇願していた仲だった。全幅の信頼を置いている塩野を、四阪島移転の統括責任者として、設計や工事を任せて、恙なく進行していた。四阪島が新しい製錬所として操業するのは、六年後の明治三十八年（一九〇五）一月のことである。

二

植林事業に、製錬所の移転事業、何もかもが順調に進んでいた——と誰もが思っていた。しかし、忍び寄る目に見えない危難を、人々が感じることは不可能だった。

別子銅山は煙害からも解放され、茶色い肌も徐々に少なくなり、山間の素晴らしい町に生まれ変わりつつあった。くねくねと長い山道を徒歩で歩くことは、少なくなった。鉱山鉄道が導いてくれると、深い山の中に、突如、煌々と明るい町が出現するのだ。

小足谷には、重役の屋敷を始めとして、さらに新しくなった接待館、社員の社宅、酒の醸造所、百貨店、旅館、料理屋、小学校、劇場、住友病院などが並んでおり、別子山村の役所などがあった。一万二千人が暮らす繁華な山の都となったのは、銅山に生まれ、育ち、働き、暮らし、そして人生を終えた幾千、幾万の人々の血と汗があってのことだ。

　醸造所は明治三年（一八七〇）に、伊丹から杜氏を迎えて、『ヰゲタ正宗』という銘酒を造り、アルコール濃度が濃いので、昔から〝鬼殺し〟と呼ばれるほどだったが、鉱山で働く男衆の楽しみであることは変わらなかった。当時は、年に四百石を超える酒が醸造され、醤油も五百五十石もできていた。かように、余所から購入せずとも、賄えるものも多かった。

　山間の鉱山町といえば、鬱蒼とした寂れた風景を思い浮かべるが、それは全く違う。煉瓦塀の接待館や立派な小学校校舎や、千人以上も収容できる大劇場などは風格のある建物であった。初めて訪れた人は、必ず感嘆した。

　廻り舞台を擁している大劇場には、今年も盆に合わせて、上方から歌舞伎役者が来て、大いに山を沸かせた。河竹黙阿弥が文明開化の風俗を取り入れた作品を次々と発表したことから、歌舞伎は庶民の娯楽になっていた。

　だが、新居浜にすら、このような立派な劇場はない。ゆえに興行の折には、大勢が押し寄せてきたのだ。その昔、劇場がない頃でも、旅役者が来るとなると、ぞろぞろついて来たものだが、今は鉱山鉄道に乗って来ることができる。大阪から来ていた富裕客の中には、さながら欧州のウイーンのような町だと評する人もいた。

この光景が一瞬にして消え、山津波の激流に飲み込まれ、谷底に沈んでいくなどと、誰が想像したであろうか。

明治三十二年（一八九九）八月二十八日のことであった。

前日は晴れ渡っていたのに、朝から小雨が降っていた。尋常小学校は夏休みであったが、まもなく新学期が始まるため、大窪伝次郎ら教師は学校に出てきていた。

子供たちも遊び場所といえば、寺か神社くらいしかないから、校庭に集まって、鬼ごっこや陣取りなどをして遊んでいた。

——子供たちは本当に疲れを知らないな……。

伝次郎はいつものように窓から眺めていると、ひとりの男の子が手招きをする。仕事があるので、笑顔だけを返すと、

「先生！　こっち来なんせ！」

と叫びながら、両手を大きく振った。

どうせまた悪戯（いたずら）をする気だろうと、伝次郎は手を振り返して断ったが、他の子供たちが急に抱き合うようにして、しゃがみ込んだ。同時にゴロゴロと雷の音が鳴った。

朝から小雨が降っていたが、急な雷鳴には伝次郎も驚いた。もっとも、山の天気は

移ろいやすく、俄雨になることは珍しいことではない。晴れ渡る空の入道雲が黒くなり、雷が落ちることも多々あった。広場にいると、落雷の恐れもあるので、

「みんな、校舎へ入っとけ」

と伝次郎が声をかけると、女の子たちは雨を避けるように駆け込んできたが、男の子たち数人は、山の峰々を覆い隠すように広がる暗雲を見上げていた。

「危ないぞ、おい」

さらに伝次郎は呼びかけたが、男の子たちは大きな雲の塊を仰いでいるだけだ。仕方なく、伝次郎が外に迎えに行くと、

「山が鳴っとる」

と誰かが静かに呟いた。別の子が両手を耳にあてがいながら、

「ほら、先生、聞こえるじゃろ。グウグウって獣が鳴くような声が」

不安そうな顔を向けた。たしかに、風の音に混じって、低音の太鼓を叩くような音が静かに聞こえる。が、それは風が坑道などに入って反響するときのものだ。

「違うよ、先生……この山には鬼を殺すような大きな化け物が住んどるんよ」

「うちの父ちゃんもよう言いよった。時々、真夜中に出てきて、悪いことをする子供を食べてしまうとか」

「ほうじゃ、ほうじゃ。目出度の方で何人か一家ごと食べられたちゅう話じゃ」

　などと子供たちが立て続けに話すと、伝次郎はみんなの肩を抱きかかえるように、校舎の方へ移りながら、

「おまえら、大人が酒の鬼殺しを飲んで暴れとる姿と、この前に観た歌舞伎の『鬼揃紅葉狩(おにぞろいこうようがり)』や『連獅子(れんじし)』がゴッチャになってるのやろ。さあ、入れ入れ」

　と言って屋根の下に押し込んだ。

　途端、雨脚が強くなって、漂う霧も深くなってきた。霧が濃くなると、足下が見えにくくなり、社宅の前の石垣から転落して、怪我をすることがある。急な段々畑のようになっているのは、江戸の昔から変わらない。

「しばらく、雨宿りじゃのう」

　伝次郎に言われるとおり、子供たちは教室に入ると、座り相撲やお手玉などを始め、時々、起こる雷鳴や稲光などのことは気にならないかのように遊んでいた。無邪気な子供の姿に伝次郎は癒された。教師になって、もう何百人の子供を送り出してきたであろうか。「教師になって良かった」と思える一時であった。

　午後になってさらに雨脚が強くなった。

親が傘を持って迎えにきて、一緒に帰宅した子もいる。が、両親とも働いている子

たちは、遊び続けていた。

　そこへ、鉱夫頭の黒瀬弦太郎と、林学士の籠手田彦三が血相を変えて駆けてきた。横殴りの雨が強くなって、ふたりとも全身がびしょ濡れであった。籠手田は学者でありながら、山男のように日焼けをした髭面で、

「大窪先生。今、山林課や土木課のみんなで手分けして、子供たちだけでも、学校へ集めておこうと社宅を廻ってるんです。先生たちも協力して下さい」

「どういうことです」

「万が一のことを考えてです。気象課の連中の話では今夜は豪雨になる。そしたら、何処で山崩れが起きてもおかしくはない。ですから避難させておきたいのです」

　学校や病院、山林課、測候所、接待館があるあたりは、地形的に比較的安全だと考えられている。何事もなければ一番よいが、一度に避難移動するのは大変だから、分担しようと山林課では判断したのだ。

「重任局に詰めている鈴木さんも承知しております」

　鈴木とは今年、伊庭から引き継いで、別子銅山支配人になったばかりの鈴木馬左也のことである。木訥な風貌ながら強い信念の持ち主で、まだ三十八歳の俊英であった。

　宮崎高鍋藩の家老の子として生まれた。東京帝国大学を出てから内務省に勤め、外

交官秋月左都夫の実弟で、愛媛県書記官として赴任した。丁度、その頃、別子銅山開坑二百年祭の来賓として来たのが、住友との出会いだった。そこで意気投合した広瀬や伊庭に熱心に口説かれ、明治二十九年（一八九六）に農商務省を辞めてまで住友本店の支配人になった。伊庭もそうだが、官から民に来た異色人ながら、「事業は人なり」を信条としていた。もちろん小学校も預かっていた。

大窪は、小学校の妻鳥校長の自宅に向かって籠手田の意向を伝え、他の教員たちが分担して、六十数人の児童の家まで報せに行った。一晩や二晩、泊まれる準備をしてと伝えたが、夕暮れになっても来る者は数少なかった。

籠手田は、病人や老人に対しても、別子病院や小学校、さらには接待館や大山積神社などに分散して、誘導しようとした。が、こちらも、なかなか集合することはなかった。

「仰山、植林をしたのに、山崩れなんかが起こるのかね」

そう質問をする人もいたが、籠手田は丁寧に答えた。

「植林といっても、まだ苗木がほとんどだから、根が張るまでには年月がかかります。すでに川は増水してるし、今宵は大型台風なみの激しい風雨に襲われるので、事前に安全な所へ行って貰いたい」

予報どおり、日が暮れるにつれて、一間先が見えないほど雨脚が強くなり、北風が厳しくなった。午後六時くらいになると、暴風雨となり、社宅の壁や屋根が揺れるほどの激烈を極めるようになった。中には庇などが飛んでいく家屋もあった。

急斜面を縫うように作られている石段は、その段々の境目が見えないほど雨水が流れ、石垣に流れ落ちる様子はさながら滝そのものだった。通路は滝壺のように土を抉ってしまうほどで、大風によって砂礫が飛び交い、窓が割れるほどになった。禿げ山だから、あっという間に、水も土色に汚れてくる。鼻孔の奥まで、泥の臭いを感じた。風雨に加えて、ゴロゴロドシャーンという雷鳴も激しく繰り返す。狭い山間の村だから、反響が物凄く、頭上をいきなり叩かれ、耳をつんざく音だった。

表に出れば、風に吹っ飛ばされてしまう。子供なんかひとたまりもない。一旦、転がれば急な坂道や階段ばかりだから、止まることなく谷まで転がされるかもしれぬ。そのため、学校に行こうにも、外に出ること自体が危険な状況に悪化したのだ。

それでも、籠手田たち山林課の者たちは、懸命に集落を走り廻って、危険極まりない所の者たちは強引に重任局などに移し、弦太郎も鉱夫たちを坑道から引き上げさせていた。すでに坑道にも雨水が流れ込み、水没する危険もあった。だが、銅山の幹部たちも身動きが取れないほど、暴風雨は近年にないほど猛烈なものになってきた。

――山が鳴いてる。

という子供の呟きに、今更ながら、伝次郎自身も恐怖を抱きながら、社宅に戻った。長男の貞範は銅山を出て、松山の師範学校に行っているが、年の離れた妹の芳江はまだ小学生だった。妻共々、小学校に避難させたのだ。このような大きな学舎であっても震動し、吹っ飛ばされそうなほどの強風で、雷光雷鳴が轟くたびに女子供は声を上げていた。

「ゆみこちゃんが来てない。あっちゃんやうっちゃんも」

仲良しの子の名前を呼ぶ娘の側に、伝次郎はずっといたかった。が、妻のマチに任せて、ひとりでも多くの人を避難させたいと、暴風雨の中を弦太郎とともに駆けずり廻っていた。

しかし、小学校や山林課あたりが安全だとは限らない。危険は何処にでも潜んでいたから、わざわざ雷鳴轟く豪雨の中を移動する者はいなかった。下手にうろちょろするより、亀のように甲羅に籠もって、嵐が過ぎるのを待つのが得策だと考えても不思議ではなかった。

じっとしていられない伝次郎は、娘の友だちだけでも連れて来ようとしたが、もはや大の大人でも飛ばす勢いの暴風だった。

「大窪先生、あんたは学校で子供らを守っていてや。儂らは、もう一廻りしてくるけん。遠くで轟々と変な音もしとる。どこぞで、もう崩れとるかもしれんしな」

土木課や山林課らと救助に向かうと、弦太郎は伝次郎を押しとどめた。

異変は、午後八時半頃、突然に起こった。

腹の底から、胸くそが悪くなるような不安感を駆り立てる音がしたと同時に、渓流が信じられないほど増水し、轟々と音を立てて決壊した。ほんの十分程の間に、山津波が銅山町を飲み込み、道路はもとより、橋梁、家屋、工場などが一瞬にして、濁流となって下流に押し流されてしまったのだ。

丁度、弦太郎は足谷川の左岸、木方製錬所前の道から、対岸の見花谷（けんかだに）に渡ろうとしていた。ほんの数間先の路肩が砂糖菓子のように崩れ、橋もろとも落下した。

「——う、うわあッ」

弦太郎は仰け反（のぞ）って、尻餅をついた。そのまま滑って、自分も一緒に谷底に吸い込まれるのかと思った。すると俄に、自分の座っている地面からも、土色の水が湧いてきた。

「来たがった……山の神が怒りよった……」

這いずるように木方製錬所の方へ向かおうとすると、そこからも人々が飛び出してきている。背後の山が崩れて、重任局も巻き込むように土砂が入り込んできたのだ。支配人の鈴木や副支配人の小池とともに、辻や内田ら幹部も泥まみれで、死に物狂いで這い出てきた。

「大丈夫かあ！　怪我人はいないかあ！」

弦太郎は叫ぶので必死だった。轟音で、お互いの声が掻き消されていた。この勢いでは、下流に当たる熔鉱炉や病院、学校なども危ないのではないかと懸念された。だが、地震のように揺れていて、もはや蟻地獄のように身動きができなかった。

ドドンという轟音とともに、対岸の高台にある大山積神社の大屋根が傾き、前のめりに倒れるのが見えた。風呂屋谷の方にある住友関係の大きな建物も、次々と雪崩れ込むように倒れている。

「ああ……わあああ……」

声にもならず、弦太郎は立ち尽くすしかなかった。

見花谷とその下の両見谷（りょうけんだに）は背後に切り立った山があり、眼下には足谷川と両見川が合流する地形ゆえ、総崩れになった。堅牢な石橋も落下し、安全だと思われていた郵便局や役場、商店などのある場所ですら、土砂と瓦礫に覆われていったのである。

文字通り、一瀉千里（いっしゃせんり）の勢いで、小足谷の町は巨大な劇場や病院なども含めて、一瞬にして飲み込まれたのであった。

弦太郎は目の前で繰り広げられる阿鼻叫喚の惨劇に、もはや手を出す術もない。とにかく助けを求めねばと重任局に向かうも、電話線も繋がらない。高台の採鉱課や坑道、鉱山鉄道の隧道あたりは地盤が固かったため、比較的被害は少ないものの、やはり電線などは切断されている。まさに、山の孤島になってしまっていた。

おまけに機械類や火薬なども水没している。上部鉄道の汽車が目の前に停まっているのを見て、弦太郎はとっさに飛び乗ると、汽笛を思い切り鳴らした。

――ポオポオ、ポオオオオ！

銅山町中を警戒させる意味合いもあるが、余力のある者は集まれとの合図だ。

暗渠（あんきょ）となった坑道に土石流が流れ込んでいるのを見て、弦太郎は駆けつけてきた鉱夫たちに命じて、懸命に防ごうとした。小さな堤を築き、少しでも被害を抑えようとしているのだ。

しかし、自分の家族の安否も分からない中で、重労働をするのは精神的にも大変だが、弦太郎は声の限り、

「ぐずぐずするな！　坑道が塞がったら、水没したら、別子銅山はしまいやぞ！」

叫びながら自ら率先して、土堤を築いた。その姿には鬼気迫るものがあって、誰も

がすぐに従った。町が壊滅的なのに、どうせ無駄になるという考えは、誰も思わなかった。

「——弦太郎さん……あんたは、やっぱり銅山の男ぞね……これまで、ぐずぐず言うてすまなんだ」

と謝る者もいた。広瀬と鉱夫との間で板挟みだった頃のことを思い出したのであろう。だが、そんなことは微塵も考えていない。弦太郎は今、目の前のことを必死にやった。

だが、懸命に築き上げた土堤を、湧き水がドサッと流した。坑道にも流れ込んだが、多くは幸い川の方へ崩れた。そのとき、弦太郎は土砂に飲まれるように滑り落ちた。そのまま泥水に沈み込んで姿が見えなくなった。

「えらいこっちゃ！」

鉱夫たちは我が身を省みず、泥水に飛び込んで、懸命に弦太郎の姿を探した。

翌朝——。

昨晩の大惨劇が嘘のように、青々と晴れ渡っていた。四国山脈もくっきりと聳えており、銅山の人々の苦悩など素知らぬ姿だ。

元禄の大火災以来、数々の火災や水害、山津波などは起こっていたが、ここまでの大きな悲劇はなかった。山津波と地滑りによって、老若男女が飲み込まれ、家屋倒壊が百五十戸、五百十三名の死者が出た。この中には、三十三人の子供もいる。

そして、植林事業のために来山して、まだ一年ほどの籠手田も、数百万本の苗木とともに犠牲となった。

「――惨すぎる……儂らが、どんな悪いことをしたちゅうんじゃ……銅を掘ったのが阿漕なことでも言いたいんか」

弦太郎は崖っぷちから、瓦礫と土砂だらけの銅山町を見下ろしていた。鉱夫仲間たちによって、九死に一生を得たのだ。そして、籠手田が言ったとおり、小学校は泥水が少し入っただけで、被害はなかったため、多くの人が助かった。

「偉い神様がおるなら、答えてくれ……儂らがそんなに憎いんかッ。何の罪もない人間に、なんでこんな惨たらしいことをするんじゃ！」

弦太郎の声は絶叫になっていた。

「なにくそ。儂は負けんぞ。諦めんぞ。この拾った命……籠手田さんのぶんまで頑張って、この山を青々としてやるけん……どんな大嵐が来ても崩れんような山にするけんな！　よう見とれよ！」

真っ青な空を見上げる弦太郎の側に、伝次郎が近づいてきたが、何も言わず拳を握りしめ、一緒に空を見上げていた。

三

日露戦争の始まった年、住友友純は大阪府に後世に残る立派な図書館を寄贈し、鈴木馬左也が四十歳そこそこの若さで総理事に就任した。別子銅山支配人になったばかりの年に、足谷の大水害を経験した鈴木は、前総理事の伊庭貞剛の〝植林思想〟を継いで、別子銅山に緑を取り戻すとともに、煙害対策に最善を尽くしていた。

十年前の日清戦争の勝利に続いて、日露戦争も勝利に導いた風潮の中で、世間は妙に浮かれていた。戦前には、内村鑑三や幸徳秋水ら知識人たちが戦争反対を訴えており、庶民も大国ロシアとは戦わないであろうと思っていた。だが、清国が意外と弱体で、列国によって分割統治されると、満州のロシア占領に対して日本が反発し、英米の応援を得て開戦したのであった。

すでに明治二十二年（一八八九）には徴兵令が出ており、その翌年には教育勅語が発せられた。二十歳以上の男が抽選で選ばれ、三年の兵役となり、終わっても予備役となった。長男であるとか、一定の〝代人料〟を払った者は兵役を免除されたが、徴兵告諭には「血税」という言葉が書かれてあった。

大窪は反戦思想を抱いていたが、教え子の中には軍人となった者もおり、徴兵に応じて出征した子らもいた。富国強兵、殖産興業、文明開化という言葉が、明治政府の主義主張であったが、その結果が戦争かと暗澹たる気持ちだった。

その上、明治三十三年（一九〇〇）には治安警察法が制定され、労働運動が取り締まられた。それに対抗するように片山潜や幸徳秋水が、その翌年に社会民主党を起こしたが、治安警察法によって解散させられていた。そんな中で、日露戦争は行われたが、勝利したことによって国威は益々、高揚していたのである。戦後、日本社会党が結成されたが、これも解散が命じられ、明治四十三年（一九一〇）の「大逆事件」以降は、社会主義者は厳しい取り締まりを受けることになる。

そんな世相の中で、大水害から復興すると同時に、伊庭が計画実施した製錬所の四阪島移転は着々と進み、十年の歳月を経て、明治三十八年（一九〇五）に稼行された。大水害直後は、産銅量は三分の一に減っていたが、わずか数年で別子銅山も復活を遂げていたのである。

その再興と発展を祝すように、秋の太鼓祭りは大いに沸いた。丁度、住友友純の兄である西園寺公望が内閣総理大臣になった年だから、また格別な祝い事だった。

太鼓祭りとは、新居浜で古来、続いている収穫祭で、「太鼓台」と呼ばれる〝御輿〟の化け物のような巨大な山車が何十台も勢揃いして、舁き比べや市中巡行が行われる勇壮華麗な祭りである。

太鼓台は高さが五・四メートル、舁き棒の長さが十一メートル、幅が三・四メートルで、重さは二・五トンもあるため、一台につき百五十人から二百人の舁き夫が必要となる。

太鼓台は巨大だというだけではなく、目映いほどに美しい。空や太陽を表す〝天幕〟の四隅には、雲を表す黒い〝くくり〟と呼ばれる布袋が結ばれており、その下には雨を表す純白の〝房〟が揺れている。東西南北を示す四柱の中には、大きな和太鼓が据えられていて、ふたりがかりで威勢良く叩くのだ。

その大太鼓を囲むように、天幕の下に蒲団締、上幕、高欄幕という三段の飾り幕が設えられており、すべて金糸縫いで仕上げられた厚みのある、立体感溢れる作り物である。その絵柄は、「上り竜下り竜」「竜の玉取り」「四つ獅子」「竜虎」、あるいは「清盛の日招き」や「海女の玉取り」、「素戔嗚尊の大蛇退治」など伝説や古典を素材にして象っていた。これら禽獣や御殿、武者絵など、趣向を凝らした飾り幕は、金色に輝いて眩しいばかりであった。

太鼓台の起源は平安時代とも鎌倉時代とも言われているが、現行に近い物は江戸中期に作られ、〝御輿太鼓(みこしだいこ)〟と呼ばれていた。幕末に新居浜浦にあったものは、今のような高覧幕ではなく、素朴な〝もたれ蒲団〟が掛けられていただけだが、明治時代になってから徐々に大きくなり、天幕も丸みを帯び、飾り幕も豪華になっていく。

遠くから見れば、太鼓台は「豊」という文字に見える。太鼓台に込められた天と雨、人々の暮らしのために、神に感謝して秋の収穫を祝うのだ。圧巻は太鼓の響きである。

「そーりゃ、せーりゃ！　そーりゃ、せーりゃ！」

昇き夫たちの大きな掛け声に呼応し、

――ドンデンドン、ドンデンドン！　ドンデンドン、ドンデンドン！

はらわたに響き渡る太鼓の音が繰り返される。

太鼓は古来、神様と交わるための祭具であった。雷の音は雷神が叩く太鼓の音だと言われるように、〝雨乞い〟の儀式との深い関わりがあった。つまり神様に呼びかけ、一緒に楽しんでいるのだ。

激しく打ち鳴らされると、昇き夫たちは勢揃いで巨大な太鼓台を担ぎ上げたり、走らせたり、揺らせたりして、その勇ましさと美しさを競うのだ。まさしく勇壮で絢爛豪華な太鼓台が集結して、市中の隅々まで伝播するほど大騒ぎをしているのが、まるで喧嘩でもしているように見えるから、「けんか太鼓」とも呼ばれる。その猛々しい威容は、まるで戦国の世の合戦にも見えた。

太鼓台は新居浜市中の至るところを練り歩いた。太鼓台同士が通りで出会うと、相手を鼓舞するように太鼓を乱れ打ちし、威勢良く担ぎ上げたりする。さらには、何十台もの太鼓台が集結し、勢揃いで昇き比べをしたりした。その祭りの間は、学校も仕事も休みで、市民は縁日の賑わいの中を闊歩した。ときに、太鼓台をぶつけ合って優劣を決めることもある。まさに「けんか太鼓」の醍醐味で、市民は日頃の憂さを晴らすかのように、豪勢で男らしい祭りに酔いしれた。まさに太鼓の音と掛け声が、四国山脈に谺したのだ。

この祭りのときだけは、別子銅山からも大勢の人々が太鼓祭り見物に来ていた。鉱山鉄道に乗って、角野山根駅のホームに降り立った伝次郎は、三十人ばかりの子供たちを引率して木造の駅舎から表通りに出た。

桜の並木通りには、ずらりと縁日のような屋台が並んでおり、駄菓子やうどんなどの食べ物や玩具などが売られている。子供たちはワッと声を上げながら、一斉に走り出した。

「おい。太鼓台について遠くに行くんじゃないぞ。分かってるのか」

子供らは振り返りもせずに、通りの遥か向こうにドンデンドンとゆっくり移動している太鼓台を追いかけた。

「大窪先生も一緒に、早う!」

ひとりの女の子が手を握ると、引きずられるように、まだ二十過ぎの若い教師が、

「では、父さん、あまりお酒を飲み過ぎないように」

と言ってから、子供たちと駆けていった。

「バカタレ。祭りに酒を飲まんバカがおるか。なあ、弦太郎さん」

「ほうじゃ、ほうじゃ」

弦太郎も同行していたのだが、すでに客車の中で飲んでいたのか顔は真っ赤で、酒徳利を振りながら、

「何処かで買わんと、もう空(から)じゃわい」

と笑いかけたときである。伝次郎たちに近づいてくるひとりの若者がいた。

「勇壮な太鼓台ですね。驚きました」

「ええ。別子銅山では色々と難儀があったから、今年はひとしおなんですわい」

弦太郎が答えると、若者は駆け去った子供たちの方を見ながら、

「あの先生……大窪先生って聞こえましたが、あの若い先生がそうなのですか……」

と尋ねた。

伝次郎は不思議そうに若者を見ながら、

「あれは私の息子で、今年からこの山奥の小学校に赴任したんです」

「――ということは、大窪和吉という先生は……」

「私の父ですが……あなたは？」

さらに訝しげに聞き返すと、若者はピリッと背を伸ばして、

「私、村上俊明（ひろあき）といって、以前、住友でお世話になったことのある村上正明の息子でございます。この度、縁あって……というのは、神戸の須磨で隠居なさっている広瀬様のお計らいで、住友本店で働かせて貰うことになりました」

「ほう。では、あの〝大入道〟の……儂らはまだ子供だったが、親父たちから色々な噂話は聞いとったがね」

と弦太郎が言うと、伝次郎も頷いて、

「私も父から聞いておりました。鉱山鉄道敷設の折には、ラロックを紹介したのも村上さんだったと、父がよく話しておりました。で、村上さんはご健在で」

「いえ、それが……」

俊明は首を横に振りながら、

「実は、もう三年前になりますが、外国から日本に帰ってきてから、官憲に捕まり……何ヶ月か勾留されて、社会主義者ではないと誤解が解けたのですが、心労が祟ったのか持病の発作で亡くなってしまいました」

「そうでしたか……まだお若かったはず。うちの父はまだ生きてますので、会えればほんによかったのに、残念ですな」

「ですから、住友本家の計らいで、瑞応寺に位牌を預けに来まして」

「そうでしたか。参道前の茶店は、私の母の実家でした。今は別の方がやってますが、団子や茶の味は変わりません」

伝次郎が懐かしそうな顔になって、

「しかし、村上さんとはあまり似てませんな。あなたの方がずっと男前だ」

と言うと、すぐに俊明は答えた。なんとなく嬉しそうに、

「ええ。子供の頃から、母親似だとよく言われましたが、自分でもそう思います」

「お母さんは？」

「一緒に来てましたが、別子銅山を見てみたいと鉱山鉄道で登って行きました」

今し方、この駅で〝離合〟した列車に乗っていたというのだ。

「父は芝居の興行師をしてて、母は旅役者をしてましたもので、別子銅山の小足谷劇

場に出たいと願っていたのですが、大水害に遭ったと聞いて、その夢が叶わず残念がっておりました。だから、せめて位牌をと……」

「さっき、外国から帰ったとか言ってましたな」

伝次郎が聞き返すと、俊明は頷いて、

「ご存じかも知れませんが、オッペケペーの川上音二郎の興行も手がけてたもので、パリ万博に行ってたのです。母も私もついて行きました。とても勉強になりました」

「ほう、あの〝大入道〟さんがねえ……」

「父は、川上音二郎が自由党壮士だった頃から知り合いらしく、『そもそも壮士劇を勧めたのも俺だ』と父は自慢してました。大袈裟に言う人なので眉唾ですが」

「オッペケペー……!?」

ふいに弦太郎は俊明に近づいて、

「もしかして、お母さんは……類じゃないんか……おまえのお母さんは！」

弦太郎はいきなり俊明の両肩を摑んで、乱暴に揺すった。

「――は、はい。そうです……」

「そうだったのか……類姉ちゃんか……あの〝大入道〟のやろう、姉ちゃんを女房にしやがってたのか……いつもくる手紙には、独り者だと書いてたから、俺は露知らず

「あの……」

困惑していた俊明も、ハタと気づいて、

「もしかして、弦太郎叔父さんですか……お母さんの弟さんのッ」

「そうだったのか……無事息災だったのか……元気だったのか……バカタレが、だったら、なんでそう言わんのじゃ……」

色々な思いが脳裏に去来した弦太郎は、思わず嗚咽を漏らした。涙と一緒に鼻水まで出てきた。俊明は手拭いを渡しながら、

「――父が気にしてたんです……別子銅山から、母を旅役者に紛れさせ、出て行かせたのは父だから、申し訳ないって」

「…………」

「でも、母と再び出会ったのは、川上音二郎の一座だったとか」

「あのやろう……もし生きてたら、ぶん殴ってやりたいところだ。長年、心配してた親父の分までまとめてなッ……」

そう言いながらも、弦太郎の目からは涙が溢れていた。流れる涙はそのままに、ひしと俊明を抱きしめてから、駅舎に駆け戻った。

「会いたかった……俺もずっと会いたかった……姉ちゃん……バカタレが……」

焦る弦太郎の姿を見て、伝次郎もその気持ちが痛いほど分かった。

「次の便で行っても、擦れ違うかもしれん。端出場駅に電話して、そこで待たせといたらええ……今夜は、姉と甥っ子と三人水入らずで、ゆっくりと語らったらええ。のう弦太郎さん……大水害の折に、命拾いしてて良かったなあ。こうして、また会えたのう……」

何度も頷く弦太郎に、俊明はそっと手を差し伸べるのであった。

四

別子銅山は未曾有（みぞう）の大水害から劇的に復活し、四阪島移転によって煙害も減少した——と思ったのも束の間、今度は新居浜以外の地域から、作物などに被害が出たと訴えられたのだ。

対岸にあたる周桑郡や越智郡、今治に排煙が風で流され、農作物を悉（ことごと）く枯らしたのである。これは広瀬が懸念していたことであったが、早速、現実になった。

四阪島は、まさに海の別子銅山である。水を運ぶ船や鉱石を運ぶ船、汽船などを何十艘も建造して就航させ、病院や学校、商店や風呂、劇場なども完備された。製錬所とその家族たち一万数千人が暮らす、誰もが羨む海上の〝都会〟になるはずだった。

離れた所から見ると、四つの島が合体して、大きな軍艦に見える。山上や海辺など至る所にある高い煙突が、濛々と白煙を出しているからだが、忌み嫌われるとは誰も思っていなかった。建設費の半分は煙害対策に講ずるために使った。にもかかわらず、対岸の住民からは暮らしを脅かす、悪魔のような存在でしかなくなったのだ。

当時は、足尾や日立などの鉱山でも問題になっていたので、四阪島の煙害についても、政府も「公害調査会」などを立ち上げて、徹底して対策を講じた。だが、煙突を低くして数を増やして、海上に拡散するなどという根本的な解決は、打ち出せなかった。

——もとより国などあてにしていない。住友が蒔いた種なのだから、住友が始末をつけねばなるまい。

総理事の鈴木馬左也は決断し、あらゆる技術を総動員して、煙毒を薄めるのではなく、別の物質に変えることを考えた。折しも、アメリカにあっても製錬所による煙害は社会問題になっていた。

しかし、〝脱硫装置〟で解決していたのを知り、ベテルゼン式脱硫法を導入して成功した。それどころか、脱硫技術から、農業に役立つ〝硫安〟という化学肥料を生み出すのだ。これらは昭和四年（一九二九）になってからのことであり、アンモニア中和法で、亜硫酸ガスの排出をゼロにし、煙害を完全に克服することができるのは、さらに十年後の昭和十四年（一九三九）まで待たねばならない。

しかし、二十年ほどの間に、別子銅山は年間生産量を制限しながらも賠償をし、さらに煙害のない製錬所を作ったのであるから、驚異の技術革新であった。二十年が長いと感じるか短いと感じるかは、加害側と被害側によって違うであろうが、世界で一番の煙害対策であったことは間違いない。

こうして、植林事業が成功し、煙害対策が完全に解決されたことで、住友は世界に冠たる企業へと発展していく。広瀬宰平、伊庭貞剛、鈴木馬左也と続いた理念ともいえる、

――正義公道を踏んで、国家百年の仕事をなす。

という理想と信条によって、後の住友企業を支える、様々な事業が生み出される基盤は、明治期に作られた。なかんずく、広瀬宰平の功績は高く、住友〝中興の祖〟と言われるのは当然のことだった。

しかし、色々なことが解決しても尚、労働争議など新たな問題も噴出してくる。

四阪島の煙害事件が真っ直中の頃、明治四十年（一九〇七）、まだ大正デモクラシーが起こる前のことだが、「別子大騒動」が起こった。鉱夫に対する賃金払いの仕方が発端となった騒動だ。

それまでは、飯場頭に鉱夫たちの賃金と安米制度特価米をまとめて払っていたが、それを廃止し、直に鉱夫たちに払う給料制にしようとした。それが近代的な企業運営にとって必要だったからであろう。だが、旧来のしきたりに反発した飯場頭は、「賃金が安くなる」などと鉱夫たちを扇動して、三百人余りで鉱山事務所や社宅を焼き討ちする事件を起こした。

それを解決するために住友に来たのが、鷲尾勘解治である。京都紫野・大徳寺芳春院の菅（すが）広州老師の推挙によるものだった。鷲尾は学生時代より師事していたのだ。京都帝国大学を出ていながら、

「働く者の立場を認識しないと経営が上手くいくはずがない」

という思いで、わざわざ生野銀山で鉱夫の修業をした上で、さらに別子銅山での坑内で働くことを鈴木総理事に許可を得た。

黙々と働くことで、鉱夫からの信頼を得て、上下の融和を実践させることができたのである。伊庭が別子銅山に支配人として来たときも、毎日毎日、鉱夫たちや銅山町

の人々に声をかけることから始めた。それゆえ、鷲尾の気持ちがよく分かった。

――会社と地域が共に栄えて、福祉を重んじる社会にする。

というのが信念であったから、労働者の立場を理解するのは、鷲尾にとっては当然のことであった。一緒にハンマーを握り、酒を飲み、語り合い、同じ喜怒哀楽を共にする人間だと感じる。それだけで、鷲尾は心からわくわくした。

鉱夫たちの労働環境を良くし、福利厚生を充実させるのは当然であるが、それだけで人々が満足していては、経営者としては失格だとすら考えていた。企業は人なり。つまり、鉱夫たちに『自彊舎』を作って道徳を説き、教育を施し、労使一体になることで、社会を繁栄させて、自分たちも幸福になる。

――人間は社会的な地位や財産より、徳行の実践がはるかに尊く、豊かな人間社会を作る上で永遠不滅の価値観である。

という思いに満ちていた。この考えは住友の理念であり、家風であり、初代総理事の広瀬からも一貫して繋がっている。

しかし、鷲尾がもっと優れていたことは、観念的に留まらず、積極的に新居浜の発展に尽力し、今日風に言えば徹底して地域振興と地方創生に寄与したことである。そのために、港湾作り、道路作り、商店街作り、工場作りなどを、会社幹部や新居浜と地道に交渉して、実現していったのである。

無尽蔵と言われていても、銅山はいずれ枯渇するときがくる。そのときに産業がなければ、この町は廃ってしまうかもしれぬ。そうならぬように、海を埋め立て工場にし、銅山に付随する様々な企業を興したのだ。化学、重機、電力などの事業は、もっと時代が下って、大正や昭和になってからのことであるが、築いた橋にも「共栄」や「共存」などの名が付けられたのは、鉱脈が尽きた後も町を栄えさせ続けたいという願いがあったからこそだ。今日の新居浜市の発展は、鷲尾なくしてなかった。

なのに、大正時代の大争議などのときには、

「ワッショ、ワッショ、ワッショ殺せ」

と物騒にも鷲尾の名を連呼しては、屋敷に乗り込んでくるのは毎日のようなことだった。しかし、鷲尾は平然と臨済録を読んでいた。菅広州老師の教えもあってのことだった。

――正当な働きによって得た財宝は尊く、永遠に栄え滅びないが、不正当な利益は事故を毒し、消滅させ、子孫にも災いを及ぼす。ゆえに、不当な要求を受け入れて金を渡して解決するのはよくない。

という考えだったからだ。

こういう状況を三ヶ月続けていたら、労働者の方が諦めた。鷲尾は労働者を可愛がっており、常に鉱夫たちの味方であり、暮らしの改善のため努力を惜しまなかった。そのことを鉱夫たちも、本当はよく知っていたからである。

同時期に住友に入社した川田順(かわだじゅん)は、大正末期の大争議についても、

「鷲尾が敢然として立ち上がったのは、組合側の無理があったからに違いない……彼らは別子水力電気の水路を破壊した。大阪でも住友本邸に土足で暴れ込んだり、重役の私邸を襲撃したりした。こうした〝暴力〟は、いつの世にも勝利の道ではない」

と回想している。

川田順とは、住友総理事就任に予定されていたが、自分の資質ではないと住友を去って後、数々の歌集や随筆を残した日本を代表する歌人である。

資本家は利益追求のあまり、働く人々の幸福を蹂躙することもあった。ゆえに、労働環境の改善を図るために、西洋では労働組合が成立していたが、社会秩序を乱すものとして法律上禁止されていた時代であった。後に、労働組合法などで権利擁護を認めるようになるが、鷲尾はそれを前取りする「共存共栄による共同の福祉」の思想によって、労使関係はすこぶる良好だった。

大正四年（一九一五）の秋——。

鷲尾は別子銅山から立ち去ることになった。その挨拶のため、銅山の鉱夫たちを全員、大山積神社に集めた。「別子撤退奉告祭」を取り仕切ったのだ。

明治三十八年（一九〇五）に第三通洞が完成したことで、操業系統の刷新が図られ、これまでの小足谷の東延（とうえん）から、山を隔てた東平（とうなる）に全山の施設が移ることになっていた。東延斜坑はラロックの計画に従って、作られたものだが、その歴史も終わりを迎えたのである。

標高七百五十メートルの山中にある東平は、小足谷と同じように厳しい環境ながら、大正五年（一九一六）から昭和五年（一九三〇）までの間、別子鉱山の採鉱本部が置かれ、やはり社宅や小学校、劇場や接待館が建てられ、昭和四十三年（一九六八）に休止するまで、銅山の町として大変な賑わいをみせていた。今の〝近代化産業遺産〟「東洋のマチュピチュ」である。

大山積神社の境内に集まった鉱夫たちとは別の所には、もう引退している弦太郎と姉の類の姿もあった。

ふたりともすっかり白髪になっているが、類は役者人生が満ち足りていたのか、娘のような笑顔を湛（たた）えていた。類は、あの秋祭りの後、新居浜に赴任してきた息子の俊明と一緒に暮らしていた。操業開始直後の四阪島で、塩野門之助が退職するまでの短い間、その恩恵を受けていたのだ。

　集まった人々の前方には、羽織袴姿の鉄平と、背広姿の俊明の姿もあった。鉄平は鉱夫たちの代表として座り、俊明は鷲尾の同僚として随行していた。ふたりは従兄弟同士でありながら、会社職員と銅山労働者という労使の関係でもあった。

「俊明……おまえも鷲尾さんを見習って、俺たちを大切にせにゃ、銅山は滅びる。いや、新居浜ものうなるけんな」

「言われるまでもない。おまえこそ、つまらんことで、私を困らせないでくれよ」

「誰が何を困らしとんじゃ」

「労働者の権利は当然じゃが、手段を選ばないと自分たちの首を絞めることになる」

「脅しとるのか、わりゃ」

「鷲尾さんの『自彊舎』では講義を聞かないで、寝てるんじゃないだろうな――君子はもって自ら強めて息まず。天地の運行が健やかであるように、君子も自ら努めて励み、怠ることはない。易経にある言葉だが……」

「やかましい。そんなこた、鉱夫として働いた鷲尾さんの姿を見とったら分かるわい」

「なんだ、その言い草は」

「おまえは生意気なんだよ。何を偉そうに……」

お互い肩をドンとぶつけ合っているのを後ろの方で見ていた弦太郎が、

「こら！　ガキじゃないんじゃけん、ちゃんと真面目にしとれ！」

と怒鳴った。鉄平と俊明に言ったのだが、並んでいる鉱夫たちが背筋を伸ばした。

鷲尾も一瞬、スッと姿勢を正して、

「我々は一足先に、この山を下りますが、近いうちに必ず大神様をお迎えに参上致します。ここに誓約致します」

と申し述べ、神官が祝詞（のりと）を奉じた。

その誓いの言葉どおり、九年後の大正十三年（一九二四）――。

採鉱課長兼任の労働課長という要職に就いた鷲尾はすぐ、大山積神社を角野川口新田、〝えんとつ山〟の麓に、神殿を作って迎え入れた。鎮守の内宮神社とは、国領川を挟んで、丁度、向かい合っている。現在もその神殿を〝えんとつ山〟は見守っており、神殿の下のグラウンドには太鼓台が勢揃いして、勇壮な舁き比べをしている。

同時に、鷲尾は、別子山の蘭塔場を瑞応寺に移して、別子銅山で犠牲になった人々を慰霊した。元禄時代から続いた別子銅山の引っ越しは恙（つつが）なく終えたのである。

丁度、鷲尾が復帰した頃は、第一次世界大戦が終わっていたが、戦火とは縁がなかった日本は、〝大戦景気〟をもたらされていた。お陰で、明治末からの不況と財政危機から脱出でき、借金国から二十七億もの債権国に変わっていたのだ。日本は海運業や造船業、鉄工業、化学工業などが、発電事業とともに躍進し、重化学工業は工業生産の三割を占めるほどになった。空前の好況は住友にも大いなる影響があった。

しかし、ヨーロッパの景気が回復してくると、逆に日本は輸入超過となって、株式市場の暴落がキッカケで急速に、〝戦後恐慌〟を招いた。金輸出禁止政策による為替相場の下落に加えて、関東大震災による大打撃から、一気に不況が蔓延していったのである。

先行きの暗い中で、昭和を迎えるのだが、住友にあっては、重化学工業に重点を置き換えていった。アメリカの産銅が世界のシェアの五割を占めるのに比べて、日本は世界第二位とはいえ、数パーセントに過ぎなかった。イギリスやドイツが銅輸入国に転じたように、日本もそうならざるを得なかった。

本業の銅山の危機感はあったものの、〝地産地消〟的な発想で、伸銅場や電線製造所などによって、銅板や銅管、銅線などを製造して輸出したのだ。電力業の隆盛と相まって、電線を中心とした銅加工品の製造が爆発的に栄えた。戦国時代からの銅吹きの住友は、健在だったのである。

鷲尾が開いた町並みを眺めるために――。

黒瀬鉄平と村上俊明、そして大窪貞範は、自分の子供たち数人を連れて、久しぶりに金子山を訪れた。鉄平たちも、すっかり父親らしく逞しくなっている。

鬱蒼としている雑木林は昔のままだが、細い登山道には石段などが組まれ、わずかだが整備されていた。戦国の世にあった金子城の面影は全くないが、天守に向かう道だったかもしれぬと思いながら登った。

山上に近くなるにつれ、霧が広がり、しだいに濃くなってきた。

「せっかく登ってきたのに……これでは、海も山も見ることができんよ」

子供のひとりが不満そうに言った。

「心配せんでもええ。低い山じゃけん、すぐに晴れるわい」

鉄平はそう言ったが、頂上に着いたときには、尚一層、濃くなり、夕方のように暗くなってきた。夕立にでもなりそうだ。どこからともなく、生ぬるい春風が吹いてきて、みんなを包み込んだ。人が唸るようにも聞こえる。

「なんか、出るんかな……」

子供らが不安そうに言うと、今度は貞範が言った。

「戦国時代のことだが、ここには金子備後守という武将が住んでおってな、四国征伐に来た豊臣秀吉の軍勢と戦ったそうな。そのとき、この城は全滅……落ち武者は、おまえたちが住んでる角野の〝えんとつ山〟がある生子山城に逃げたが、そこも全滅……だから、落ち武者の霊が、ここに集まって悔し涙を流しているそうな」

「ちょ、ちょっと……恐い話せんといてよ」

肩を窄めながら、子供たちは大袈裟に耳を塞いだ。

「けど、落ち武者たちの悔し涙は、もう乾いてると思うぞ」

「え、どうして……」

「金子備後守に託された三人の武将が、約束通り、この地を繁栄させたからだ」

「何の話……？」

「その三人の武将の子孫の三人は、別子銅山から下りてこないで、峰の地蔵の所にずっと言い続けてるんだ。この町を見守るためにな。でもって、おまえたちも、その三人の武将の流れを汲んでるというわけだ」

「――変なこと言わんでええ。何の話じゃ、もう……」

訳が分からない子供たちは本気で嫌がっていたが、鉄平と俊明、貞範の三人もしっかりと自覚しているわけではない。

だが、〝三つ蜻蛉紋〟が揃ったと、深い霧の向こうから金子備後守と大勢の家来たちが、満足そうに笑っているような気配がした。中でも、真鍋義弘、近藤保馬、黒瀬明光の三人は、穏やかに見つめていた。

ゆっくりと霧が晴れてくると、眼下には近代的な町並みが広がり、海辺には幾つもの工場が建ち並んでいた。瀬戸内海には、無数の船が航行している。

「私の父は、新居浜を日本のマルセイユにしたいってのが夢だったらしいんだ」

俊明は眩しそうな目で、御代島の港や工場などを眺め、東西南北に走る道路を愛おしげに見つめていた。

「マルセイユって？」

子供のひとりが聞き返した。

「フランスにある世界一の港町だ。私は一度、両親と行ったが、そりゃ美しかった」

「へえ……そうなるといいね」

「おまえたちが作ってくれるかな。そんな町を」

「作る。新居浜が好きじゃけん」

「そうか、好きか。何処が、ええんじゃ」

今度は鉄平が訊くと、別の子が割り込んできて、

「太鼓祭り。それから、太鼓祭り。ほんでもって、太鼓祭り」

「祭りだらけじゃのう」

「ほんで、でっかい工場がいっぱいあるけん。俺は大人になったら、あの工場で働く」

港の方を指すと、鉄平は肩をぐっと抱いて、

「ほう。そりゃ楽しみじゃわい。頼りにしとるけんな。これで新居浜も安泰じゃ。のう、俊明、大窪先生……」

と微笑みかけたとき、

——ボオッ！

急に汽笛が、けたたましく鳴った。

一斉に見下ろすと、田んぼを縫うように鉱山鉄道が走っている。金子山の山麓に近づいてきて、ガタンゴトンと車輪の音を立てながら、別子銅山の方へ向かう。それが、東西に走る「予讃線」の線路と交差して、さらに先へ進んだ。「予讃線」は、讃岐鉄道が国有化され、高松を始発駅として、新居浜や西条を結んで、今治まで開通しているのだ。

鉱山鉄道の機関車を子供たちが背伸びをしながら目で追っていると、その行き先にある〝えんとつ山〟も霧の中から姿を現した。遠くからでも、よく見えるものだなと、

鉄平たちは改めて思った。

すると、俄に風が吹いたのか、霧がすうっと晴れて、大山積神社のある〝えんとつ山〟の麓から、角野の山根あたり一帯にずらりと並んでいる満開の桜が見えた。

「ああっ！　綺麗、綺麗……！」

子供たちも思わず声を上げて、さらに背伸びをして眺めている。

鮮やかな桃色の塊が、青々とした山に浮かぶ丸い提灯のように見えた。市中のあちこちに桜は咲いていたが、山根の桜は殊の外、美しく、町を包み込んでいるようだった。

――霧流る山ふところの花あかり
新居浜の俳人・中川青野子の句である。金子山の麓にある滝の宮公園に、句碑として残っているが、まさに鉄平たちが今見ている情景そのものであった。

その桜並木に向かって、鉱山鉄道が走っていく。さらに、その先には、戦国の昔から変わらぬ深く高い山が切り立っている。

時代は昭和の激動を迎えることになるが、別子銅山はこれからも、新居浜の人々の暮らしを力強く見守り続けるに違いない。そして、さらなる繁栄が待っていることを、青い四国山脈は知っていた。


〈完〉

参考資料

『別子銅山』合田正良・新居浜観光協会
『住友の歴史　上下巻』・朝尾直弘監修・住友史料館編集（上巻二〇一三年八月・下巻二〇一四年八月・思文閣出版）
『新居浜市史』新居浜市史編纂委員会
『別子山村史』別子山村史編纂委員会
『新居浜太鼓台』新居浜市立図書館
『世界とつながる別子銅山』新居浜市広瀬歴史記念館
『広瀬宰平小伝』末岡照啓・新居浜市広瀬歴史記念館
『伊庭貞剛小伝』末岡照啓・新居浜市広瀬歴史記念館
『鈴木馬左也』小倉正恆・鈴木馬左也翁伝記編纂会
『すみとも風土記　銅が来た道』佐々木幹郎・普後均写真（二〇〇一年三月・NTT出版）
『海外貿易から読む戦国時代』武光誠（二〇〇四年三月・PHP新書）

『天下統一　信長と秀吉が成し遂げた「革命」』藤田達生（二〇一四年四月・中公新書）
『勘定奉行荻原重秀の生涯　新井白石が嫉妬した天才経済官僚』村井淳志（二〇〇七年三月・集英社新書）
『通貨の日本史　無文銀銭・富本銭から電子マネーまで』高木久史（二〇一六年八月・中公新書）
『銀の世界史』祝田秀全（二〇一六年九月・ちくま新書）
『半生物語』広瀬宰平・住友修史室
『幕末「住友」参謀　広瀬宰平』佐藤雅美（二〇〇三年十一月・学陽書房）
『お金から見た幕末維新　財政破綻と円の誕生』渡辺房男（二〇一〇年十一月・祥伝社新書）
『住友の元勲』咲村観（一九八四年十二月・講談社）
『図説明治の企業家』宮本又郎編（二〇一二年八月・河出書房新社）
『「住友城下町」混沌　別子銅山３００年の宴のあと』結城三郎（一九九一年一月・ダイヤモンド社）
『「明治期」の別子そして住友　近代企業家の理念と行動』藤本鐵雄（一九九三年六

月・御茶の水書房）
『大坂　摂津・河内・和泉　街道の日本史33』今井修平・村田路人編（二〇〇六年七月・吉川弘文館）
『播州と山陽道　街道の日本史39』三浦俊明・馬田綾子編（二〇〇一年十月・吉川弘文館）
『吉備と山陽道　街道の日本史40』土井作治・定兼学（二〇〇四年十月・吉川弘文館）

この作品は2017年5月徳間書店より刊行された単行本を分冊、加筆修正いたしました。

徳間文庫

別子太平記(べっしたいへいき)［下］

愛媛新居浜別子銅山物語

2020年9月15日 初刷

著者 井川香四郎(いかわこうしろう)
発行者 小宮英行
発行所 株式会社徳間書店
東京都品川区上大崎三-一-一 〒141-8202
目黒セントラルスクエア
電話 編集〇三(五四〇三)四三四九
販売〇四九(二九三)五五二一
振替 〇〇一四〇-〇-四四三九二
印刷
製本 大日本印刷株式会社

ISBN978-4-19-894586-2 (乱丁、落丁本はお取りかえいたします)